虛月館
殺人事件
円居 挽
Illustration／山中虎鉄
原作・監修／TYPE-MOON

The Kogetsukan murders

目錄

天花板的水漬、牆壁的木紋，以及桌上的汙垢，你是否有過將這些東西看成人臉的經驗呢？……喔，有嗎？嗯，我想也是。

因為不管是多麼無關的東西，人都能從中找到意義。唉，如果講得直接一點，就是錯誤、錯覺。

那麼，這回就談談某群人的事吧。說穿了，也就是與某個家族有關的悲劇……然而真要說起來，在不過是個人集合的東西裡，找出什麼緣分、情誼，或許才是悲劇的開始。

它就是個這樣的故事。

第一章　第一天

The Kogetsukan murders Day1

醒來時，一片陌生的天花板映入眼簾。

睡前最後看見的景象，與剛醒來時最先看到的景象一致，讓人類得以確認記憶的連續性。所以一旦感受不到連續性，就會突然變得不安。

話說，這裡是哪裡？

我連忙起身。看來這裡似乎是某家高級度假飯店的房間，可是很遺憾，我不記得自己曾在這種地方下榻。

我該在的地方是……沒錯，迦勒底的個人空間。

我重新打量周圍，發現房間裡站了個嬌小的女性。

「唉呀，起床啦？」

若無其事這麼問的女性，長得和絲忒諾一模一樣，因此我反射性地連連點頭。絲忒諾，為世人所恐懼的戈爾貢三姊妹長女……如果惹她不高興，可是會有麻煩的。

「……忒諾？」

我想喊她的名字，卻沒辦法好好發音。伸手摸摸喉嚨後，發現上頭纏著我同樣沒印象的繃帶。

她皺著眉，低下頭看著我。

「那是誰的名字？你該不會睡昏了吧？」

從她的反應看來，似乎是與絲忒諾長得非常相像的另一人。不過很遺憾，我不知道她的名字。

可能是放棄等我將名字喊出口了吧，她總算願意自我介紹。

「……我是茱麗葉，茱麗葉・維奧萊特。」

茱麗葉……好名字。不過即使聽到這個名字，我依舊什麼都想不起來。

這裡是哪裡啊？不，真要說起來，我應該是人理續存保障機構菲尼斯・迦勒底的御主，藤丸立香……

在不安的驅使下，我再度環顧室內，發現有一面很大的穿衣鏡。儘管對身上的衣服沒印象令人不太舒服，不過一來我似乎受傷了，二來我也想確認自己現在的裝扮。

我抱著這樣的念頭下了床，站到鏡子前。

這人是誰啊……

鏡中是個完全不認得的人。而且金髮碧眼，顯然不是我自己。

大概是無法接受現實的關係，頭突然痛了起來。強烈的衝擊使得我倒回床上。

「沒事吧？」

原本顯得不太高興的茱麗葉，也發現我的樣子不太對勁，一臉擔心地看著我。才剛見面就說這種話或許有點怪，但她應該不是什麼壞人。

「還記得自己是誰嗎？」

我搖搖頭。

「這樣啊。你是利佳・弗吉瑪爾，和我在大學做同一個專題的同學，蹺課跟來我們家四天三夜的家族旅行……」

即使聽了這些，我依舊沒有半點頭緒。

「嗯～一副完全搞不清楚狀況的表情耶。今天是二〇一七年五月……啊，看你那個表情，真的全忘掉啦？」

茱麗葉跪在床上，朝我探出身子。

「你說過不管發生什麼事都會一直和我在一起吧？對不對？」

雖然我不知道自己和茱麗葉是什麼關係，但這句話該怎麼回答才是正解啊？

就在猶豫不決時，我感覺到有人進房。茱麗葉似乎也發現了，連忙縮回身子。

「回來得太快了啦，真是的。」

茱麗葉先是不高興地嘀咕，隨即一副想起了什麼的模樣，在我耳邊如此低語。

「……聽好喔？你的聲帶在痛沒辦法出聲，恢復以前絕對不能開口。懂嗎？」

我勉強點頭，接著看見茱麗葉背後站了一個神似詹姆斯·莫里亞蒂的男子。

男子一副心知肚明的表情看著我。

「啊～是不是打擾你們啦？要不要我再去抽根菸？」

「就說了不是這樣啦！」

茱麗葉在說話的同時對我使了個眼色。我能看出其中有「不要多嘴」的意思。

「話說回來，醫生。利佳的情況不太妙，好像很多事都想不起來。」

「嗯，除了喉嚨以外連頭都……運氣真差。那麼，我就看個診吧。」

說完，那個被稱為醫生的男子靠近我，簡單地確認我的喉嚨和眼皮下方。

「嗯，頭部受傷果然還是很可怕啊。看來似乎得了輕微的健忘症。」

這位貌似莫里亞蒂的紳士嘆了口氣退開。這樣就算看診完畢是吧？

「姑且自我介紹一下吧。我叫霍桑，維奧萊特家的家庭醫生。」

外表是莫里亞蒂，名字卻叫霍桑……原來如此，我懂了。不過，假如之後登場人物就這麼持續增加，我真的記得住嗎？

「我做這份工作差不多有二十年了吧？唉，近來已經記不太清楚以前的事了，我也沒資格笑你呢。」

口氣輕描淡寫的他，似乎十分善良，我馬上就明白這人和莫里亞蒂截然不同。

「醫生，利佳沒事嗎？」

「看來沒什麼嚴重的異狀，不過頭部受傷很可怕。即使看起來很正常，也可能隔天就倒下去。身為醫師，沒辦法肯定地說出『完全不用擔心』這種話。如果覺得不舒服，要馬上叫我喔。」

霍桑才看完診，就有人大力打開房門。我不由得往門口看去，發現梅菲斯托費勒斯站在那裡。

「啊，你醒啦，利佳。啊哈哈哈哈，還好吧～？」

和那副青年小丑外表相反，聲音和語氣都出乎意料地稚嫩。他和茱麗葉、霍桑究竟是怎樣的關係啊？

「不要講得好像事不關己一樣！凱恩，把球砸到人家頭上的是你吧？」

「是這樣沒錯耶～抱歉、抱歉。」

那個叫做凱恩的**少年**，以不像認為自己有錯的口氣道歉。看來他大概是茱麗葉的弟弟吧。可是梅菲斯托費勒斯要當絲忒諾的弟弟，實在是大了點。不，要這麼說的話，女神絲忒諾應該遠比梅菲斯托費勒斯年長吧？

「我已經道歉了，人家會原諒我吧？那麼，我去玩囉～」

凱恩精力充沛地奔出房間。

「我替弟弟道歉。對不起。即使到了上高中的年紀，他依然是那副德行……」

我搖搖頭。無論事情經過如何，我總覺得該怪自己沒躲開。

然而，茱麗葉一副難以理解的表情。

「……你可以發脾氣的呀？畢竟一個不好就會釀成大禍。凱恩踢的球，不但砸到你的臉，還掉在你腳下，害你踩到之後失去平衡像個木桶一樣從樓梯上滾下來，不是嗎？」

聽她說我被球砸到，我原本以為頂多是正中後腦勺這點程度的意外，不過實際上要誇張好幾倍。

「換成是我，就會給凱恩一頓說不出口的懲罰。你居然只是笑著說出『哈哈，凱恩真好動，將來要當足球選手嗎？』這種話就昏倒了。」

真是不簡單。雖然完全沒有記憶，我卻有種自己或許真的說過這種話的感覺。惡其罪不惡其人……如果對方沒有惡意，即使蒙受損害，也該溫情以待。

「不過，這就是你的優點吧。你還真擅長尋找優點呢。」

話又說回來，雖然有了個「頭部遭受衝擊而失憶」的寶貴經驗……不過追根究柢，這裡是哪裡啊？

我再次環顧周遭。室內的擺設看起來都很貴。待在這種地方，應該需要支付相應的費用吧。

「你該不會連這裡是哪裡都忘了？」

茱麗葉語帶同情地詢問，我滿懷歉意地點點頭。

「唉呀……或許真的傷得很重。這裡是虛月館。」

虛月館……完全沒聽過的地方。不過，茱麗葉沒將我的反應放在心上，繼續解釋下去。

「你和我們一家……」

茱麗葉這句話才講到一半，就有兩位女性進房。外表是尤瑞艾莉和源賴光……

但是，從髮色與氣質，可以輕易猜到她們應該是茱麗葉的家人。

不過尤瑞艾莉是戈爾貢三姊妹的次女，長得和絲忒諾一模一樣。如果能靠舉止和性格區分就好……

「唉呀，看樣子沒什麼事呢。」

「咦，夏娃？」

先開口的，是那位長相與賴光如出一轍的女性。

「是啊，聽到是凱恩惡作劇讓人很擔心，不過看上去似乎沒什麼大礙，我就放心了。」

「喲，哈麗葉，妳今天看來特別美麗……話說夏娃也格外地美呢。」

「呵呵，會不會是因為剛泡完澡呀？」

從剛剛的對話，可以明白擁有尤瑞艾莉外表的是哈麗葉，擁有賴光外表的則是夏娃。不過，只有這點情報還無法判斷她們與茱麗葉的關係。

「……我的媽媽和妹妹。雖然或許用看的就知道了。」

大概是看出我腦袋一團亂吧，茱麗葉若無其事地告訴我答案。

原來如此，夏娃是母親、哈麗葉是妹妹嗎？

「茱麗葉，妳也去泡個澡如何？浴池很寬敞，絕對比房間的浴室舒服喔。」

哈麗葉勸說茱麗葉，但是後者反應不佳。

「我還是覺得現在不需要。」

「唉呀，這種地方可不能偷懶喔。海風吹得頭髮黏答答的對吧？」

夏娃撥了撥那頭漂亮的長髮。說服力強得可怕。

「我又不去海灘，沒關係啦。」

霍桑瞇著眼旁觀她們的你來我往。

「雙胞胎的性格居然會差這麼多……有意思。」

果然和原版角色一樣，茱麗葉與哈麗葉是雙胞胎嗎？儘管如此卻有性格上的差異，挺有意思的。

「你們幾個，能不能來一下？」

隨著話音闖進房間的，是個借用藍斯洛特外表的男子。雖然英俊，聲音卻顯得不太可靠。

「爸爸？」

「亞當斯卡，怎麼啦？瞧你驚慌的。」

從哈麗葉與霍桑的反應看來，這名男子大概是維奧萊特家的家長，亞當斯卡・

維奧萊特吧。

亞當斯卡一臉尷尬地對眾人坦承。

「多蘿西小姐似乎弄丟了心愛的項鍊……現在有些麻煩。」

「既然是戈爾迪夫人的問題，那我們也不能坐視不管呢。畢竟……」

霍桑瞄了茱麗葉一眼，不過茱麗葉似乎有點生氣，語氣尖銳。

「不要多嘴。那麼，我們走吧。」

亞當斯卡、夏娃、茱麗葉、哈麗葉、凱恩，以及霍桑……目前已經六人。

希望人數維持在十人左右就好……

我腦中轉著這種沒營養的念頭，跟著茱麗葉一家去找那位多蘿西。

虛月館的內部裝潢，乍看是常見的西洋風格，實際試著一走就能發現很花錢。地板、地毯就算用力踩也不會發出怪聲，牆壁雖舊卻不見半點斑駁。打理得非常仔細。

亞當斯卡指著一對在大廳爭吵的男女。

「看，在那裡。」

多蘿西・戈爾迪是位外表與瑪莉・安東尼如出一轍的女性。

「我就問你，為什麼項鍊會不見？它又不可能自己跑掉！」

至於遭到多蘿西逼問的男子，則是燕青的模樣。

「所以說，夫人，我們已經全力在找了，能不能請您多等一會兒？」

儘管口氣謙和，卻沒有半點卑微的感覺。

該怎麼講，他給我的印象，和我們這邊的燕青沒什麼差別呢……

「看，麻煩大了對吧？」

亞當斯卡一臉喪氣樣。搞不好他已經被逼問過了。

「……那位生氣的女性是多蘿西・戈爾迪；正在應付她的人，則是瑪布爾商會的伍先生。」

霍桑悄聲告訴我，但是我真想拜託他，別自然而然地追加「瑪布爾商會」這個新組織的情報。我的腦袋快爆炸了。

「如果等待它就會出現，要多久我都等。那是非常重要的東西……」

一個小女孩，噠噠噠地跑向依舊火冒三丈的多蘿西。

「媽媽，我肚子餓了～」

看見那個女孩的臉，讓我嚇了一跳。她雖然是保羅·班揚的翻版，尺寸卻截然不同。從者班揚是個身高有八公尺的巨人，現在卻是個與年紀相符的少女。

「……勞瑞，馬上就到點心時間了，再等一下。媽媽正在談很重要的事。」

「知道了。那麼，我去找凱恩哥哥玩。」

勞瑞踩著和來時相同的腳步，噠噠噠地跑走。

「你們在吵什麼啊，小伍？」

勞瑞才剛離開，又一個新人物登場。儘管來者怎麼看都是豹人，卻和迦勒底那個講話沒完沒了囉哩叭唆的她不一樣，感覺沉默寡言，有種難以接近的氣息。

「啊，大姊頭。出了點麻煩。其實是……」

伍開始向她解釋。

「那個很有威嚴的女性，是瑪布爾商會的第二號人物安小姐，一個很強也很恐怖的女性。」

霍桑替我說明。這種狀況下，有他這種溫柔的人在，真是令人安心。

「這樣啊。多蘿西小姐的項鍊在浴場……」

似乎已經弄清楚大致怎麼回事的安，瞄了在場的人一眼。瞬間，我感覺背後有股寒意。把性命相搏當成家常便飯的人，才會有這種殺氣。證據就是，其他人的表情也有些痙攣。

「到我發現項鍊忘在更衣間回頭去找，中間有十分鐘。一定是有人趁這段時間偷走的。」

不怕的似乎只有多蘿西。

「但是小伍，浴場進出不是由你看著嗎？」

「至少沒有男性出入這點可以保證。不過，多蘿西小姐出來之後，沒有任何人進去……」

「那不就等於是你拿走項鍊嗎？是不是？你說啊你！」

「所以說多蘿西小姐，請冷靜一點啦……」

就在這時候，又一個新面孔踏著大步出現。仔細一看正是那位叛逆騎士，莫德雷德。

「吵死了……老子難得睡個好覺，這不是被你們吵醒了嗎？」

這人似乎相當不爽，講話口氣很嗆。莫德雷德雖然是個舉止粗魯的從者，卻不會下流到這種地步。

「莫理斯，你……在人家地盤作客，就不能有規矩一點嗎？」

「……我又不是妳親生的，少在那邊命令我。」

看來這兩人是母子關係，不過從莫理斯的口吻判斷，似乎並不是一般的親子。

「與其跑來這裡，還不如去酒館玩鬧比較爽。」

說著，莫理斯連嘴巴也不遮就打了個大呵欠。這種標準到像是從畫裡出來的不良少年，還真不曉得以後有沒有機會碰上。

我趁著莫理斯打呵欠，很沒禮貌地觀察他，結果不小心和他對上眼。

「啊？你這混蛋看什麼看，欠揍嗎？」

話才剛出口，莫理斯就已接近到能揮拳揍我的位置。大概是習慣找碴了吧。

情況有點不妙啊……

然而，茱麗葉就像要當我的盾牌一樣，往前站了一步。

「不好意思。他這個人有點呆。」

「喔？這樣啊，妳就是……」

莫理斯的目光從頭到腳掃遍茱麗葉全身。儘管難以置信，不過這人一副就是在品頭論足的樣子。

「嗯，還不壞。就算妳及格吧。」

茱麗葉沒有年幼到聽不懂這句話，也不是那種會默默讓人汙辱的淑女。

「我可不想被路上幾乎都在睡的人這麼評論喔？」

「玩了一整夜，沒辦法嘛。所以呢，妳和旁邊這傢伙是什麼關係？」

莫理斯指著我說道。如果答得不好可能會落得悲慘的下場……該怎麼回答才是正確答案呢？

茱麗葉稍微猶豫了一下之後，這麼回答。

「……學校的朋友。要是沒有外面的人，感覺會很悶。」

「哼，朋友啊……」

莫理斯盯著我的臉看。感覺不管是對上眼或者故意別開目光都會挨揍。不過他的視線就這麼掃過我的身體落向腳尖，得以避免對上。

莫理斯意味深長地笑了笑，然後把手放到我肩上。

「……算啦，這回就特別放過你。不過沒有下次。出了什麼事自己負責啊。」

一想像莫理斯將來可能做出的暴行，就讓我不舒服。居然得跟這種危險的傢伙待在一個屋簷下，開什麼玩笑。

「莫理斯！你又……至少在對待女生的時候要有禮貌，這點我告訴過你很多次了吧？你就是因為這樣才不受女孩子歡迎。」

多蘿西出言責備莫理斯。我原本以為她只在乎項鍊，沒想到會說出這麼有道理的話。

「囉唆！我這樣已經是在忍耐了。如果是個臭男人，我二話不說先賞一拳。」

他大概認為自己已經很收斂了，然而這麼一來，不就代表他和那種隨處可見的流氓沒兩樣嗎？

「真是的，你為什麼就不能當個乖孩子呀……」

莫理斯和多蘿西大概一直都是這種關係吧。

「怎麼啦，莫理斯！」

來者是個英俊的金髮男子，芬恩．麥克庫爾。看來他大概就是戈爾迪家的家長。可能是因為喝了酒，臉有點紅。

話又說回來，長相平凡的人連一個也沒有……雖說或許算是眼福，但是不管走到哪裡都只有俊男美女，會讓人有點坐立難安。

「沒事啦，老爸。」

「這樣啊、這樣啊。我還以為你出了什麼事呢。」

「……那位是戈爾迪家的當家阿倫先生，以及他的長男莫理斯。」

霍桑小聲告訴我。然而，他的眼裡沒有半點笑意。想必是對戈爾迪父子有什麼意見吧。

「老爸你太愛擔心了啦。戈爾迪家有我繼承，你就放心喝酒吧。」

「這樣嗎……不過你那種會讓新娘幻滅的舉止，可不值得嘉許啊。」

新娘!?

我不由得偷瞄茱麗葉，她露出憂鬱的表情搖搖頭。

「……抱歉，我不想一再解釋。不過你很快就會知道了。」

既然當事人這麼說，看來不該追究下去。

正當我在思考這些時，霍桑向伍搭話。

「伍兄弟，可以打擾一下嗎？」

「什麼事？」

「我並不是為了主張自己的清白才說這種話……但是我們有不在場證明喔。」

是這樣嗎？我第一次聽說……

「在疑似失竊的時間點，利佳同學昏迷不醒，我和茱麗葉則是守在旁邊直到他意識恢復。因此我們可以提供彼此的不在場證明。於是我有個建議，將調查工作交給這兩個清白的人怎麼樣？」

多虧了凱恩用球砸我，導致不在場證明成立……所謂塞翁失馬焉知非福大概就是這麼回事吧。呃，雖然得到健忘症似乎已經是吃大虧了。

對於霍桑的提議，伍露出「還不壞」的表情點點頭。

「這個嘛，或許比遭到多蘿西小姐懷疑的我來得適合。」

「只要能把項鍊找回來我就沒意見……」

看見他們兩人的反應後，安也同意了這個提案。

「既然這樣，就暫時交給兩位吧。只不過，如果依舊找不到，還請容許我採取最後的手段。畢竟我們做生意是靠信用的。」

儘管用詞委婉，安卻施加了相當沉重的壓力。為了取回項鍊，或許她就算要拷問現場的人也在所不辭。

「茱麗葉，真的沒問題嗎？」

「爸爸你太愛擔心了。沒問題啦……話說回來，醫生，你在打什麼主意？」

茱麗葉針對霍桑擅自提案一事提出質疑。話雖如此，但她並沒有生氣的樣子，從表情看來純粹是搞不懂。

「妳想想，這麼做或許能幫助利佳同學恢復記憶，可以當成復健呀。」

「這……確實有理。」

茱麗葉看樣子是接受了這個說詞，不過以我的角度來看，受人家這麼多關照，要是還沒恢復記憶可就尷尬了。

「這麼一來就和兩家的人都打過照面了。利佳同學，記憶的狀況如何呀？」

我舉手擺出投降的姿勢，示意完全不行。

「嗯，看來還是不行。啊，這麼一來還得說明有關瑪布爾商會的事才行。他們在黑社會的名聲很響亮喔。據說由他們見證的契約，絕對沒有人會毀約。」

「聽說這座島和這棟虛月館，也是瑪布爾商會的財產，所以絕不會有人礙事。真遺憾……」

面帶憂鬱的茱麗葉這麼說道。

「不過嘛，假如項鍊是他們偷的，我們可就拿不回來囉。」

「關於這點應該能相信他們吧？畢竟那些人是靠信用做生意的。儘管項鍊價值不菲，但他們應該不會想因為這種小家子氣的竊案敗掉信用才對。」

那些人這麼厲害啊……

「他們做生意的對象遍布全球，所以勢力強大。即使我們家和戈爾迪家合作，大概也不是他們的對手。不過嘛，如果不是大到這種程度，拜託他們當見證人就沒意義了。順帶一提，據說安在他們商會是第二席，那個看起來很年輕的伍先生則是第五席。」

「由商會的第二把交椅和第五把交椅到場，看來他們也很重視這件事呢。」

「話說回來，醫生，那個人明明是第二席，為什麼會自稱安[1]（註1）呢？」

「……她雖然地位居次，不過年事已高的商會首領早就指名由她接班。所以她才自稱『安』，主持整個組織。」

原來他們命名那麼直接啊……

「……先不談這些了，去聽聽安小姐他們怎麼說吧。」

註1　法語的1為un，發音同安。

「是的，由於一大早就出發，我判斷大家都累了，因此優先開放大浴場讓婦女使用。」

對於茱麗葉的詢問，安回答得十分爽快，內容也沒有多餘的部分。

「的確，抵達時已經過了中午，大家都相當累。不過媽媽她們看來有休息到，太好了。」

從茱麗葉的口吻聽來，她似乎把原本該在大浴場放鬆的時間都用來看顧我了。總覺得不太好意思。

「話說回來，當時負責把守的伍先生，視線一直盯著浴場門口沒挪開過嗎？」

「怎麼可能。我當時在大浴場入口旁邊替蔬果削皮，畢竟人手不夠嘛。但是就算沒盯著看，我也不會漏掉意圖不軌的男人。我記憶所及，先進去的是哈麗葉小姐與夏娃小姐，再來是和她們兩位擦身而過的多蘿西小姐與勞瑞小姐。多蘿西小姐她們出來之後，應該就沒人進去了。沒想到多蘿西小姐會氣急敗壞地回來逼問我。」

案情感覺意外地單純。不過，問題就在於太單純了。

「先一步離開的媽媽她們不可能犯案……奇怪，這樣不就沒有嫌疑人了嗎？」

「嗯……若是女性或許還能避開伍兄弟的注意，但關鍵就在於找不到其他合乎條件的女性……」

咦，該不會……是這麼一回事？

「咦，利佳……想到什麼了嗎？」

不過，把這種事講出來，對自己實在沒什麼好處。更何況……茱麗葉用眼神警告我別多嘴，所以我勉強把話吞回去了。

「說什麼有不在場證明，那種東西靠得住嗎？不過嘛，我倒沒特別指哪一家的人就是了。」

莫理斯突然語帶諷刺地出聲。他大概閒著沒事吧，一副要纏著我們的樣子。

「還有雙胞胎看準時機掉包……也有這種詭計對吧？雖然我沒特別指哪一家就是了。」

「……不，再怎麼樣也不至於弄錯吧？怎麼可能弄錯嘛。」

伍冷靜地吐槽。不過，他似乎馬上就弄懂怎麼回事，於是如此訂正。

「唉呀，如果平常都穿男裝的女性換成女裝走過，或許我會不小心漏掉也說不定呢。不過嘛，前提是有那種人在。」

對於伍的意見，莫理斯拍手大笑。

「哈哈，這間屋子裡哪有這種人啊。笑死我了。」

呃，你們講的那種人不就近在眼前嗎？畢竟外表和莫理斯一模一樣的莫德雷德是個不折不扣的女性。

「……喂，幹麼看我？難道你懷疑我？」

就算正面質疑，對方也只會佯裝不知。那麼直接採取行動最快。

一想到這裡，我直接撲向莫理斯。

「慢著，不要吵架啦！」

我沒想過要打贏，也不覺得自己打得贏。只要能確定莫理斯是女的就好，於是我趁亂把手伸向莫理斯的胸口和胯下。但是……

不該存在的東西存在，該存在的東西不存在！

「你這混蛋在摸哪裡啊，放手！」

對方猛力將我推開。那種力氣毫無疑問屬於男性。

「這傢伙，居然把我當女的！就算是新娘帶來的也不能饒！出去，老子要好好教訓你！」

做到這種地步也不得不認帳。雖然期待伍出面仲裁，不過先動手的明顯是我這邊。他沒有理由幫忙。

然而，救星來自意料之外的方向。

「這可不行，莫理斯先生。」

長相與貝德維爾一模一樣的青年帥氣現身。他的舉止也和貝德維爾本人有些相似之處。

「喔，克里斯。辛苦了……你也來得太不湊巧啦！」

不知不覺間，莫理斯的目標已經不再是我，而是闖進來的克里斯。

「你如果敢礙事，我就先修理你。放馬過來！」

「不得已。恕我失禮了！」

接下來好戲上演。莫理斯粗魯地撲上前去，克里斯則以華麗的體術巧妙避開。

結果克里斯毫髮無傷，只有莫理斯自己用力過猛出糗。

「混蛋，光明正大地和我打一場！」

「這還真是抱歉。」

短短五分鐘，莫理斯已經氣喘吁吁。而且他右手紅腫，似乎傷到了。

「嘖……老子現在不想揍人了。」

莫理斯摀著右手，和克里斯保持距離。他似乎打算讓這場架到此為止，眼睛卻瞪著我。也因此我還得想辦法避免和他對上眼。

「嗯～身手雖然還行，但是會讓人家受傷，證明你的火候還不夠。」

伍給了不及格，讓克里斯不好意思地縮起身子。這個叫克里斯的，大概還在見習，而且算是伍的小弟吧。

「話說回來，各位為什麼會吵起來？」

茱麗葉為了回答克里斯的疑問，向他說明前因後果。

「那麼，表示還有其他可能性對吧？如果要找可能藏東西的地方，我倒是想得出來喔。」

說完，克里斯便奔向大浴場。莫理斯在旁傻眼地看著。

「哪可能這麼簡單就找……」

不過就在他快說完時，克里斯已經回來，手裡還握著看似項鍊的物體。

「找到囉。就在櫃子裡面。」

「還真的有啊！」

莫理斯的愚蠢叫喊在屋內迴盪。

找到項鍊的消息傳遍屋內，眾人為了確認真相，聚集在會客室。

「沒有錯，那就是我的項鍊。」

多蘿西開心地接過項鍊抱在懷裡。總之算是可喜可賀吧。

「不過這就怪了，我不記得有把它放在那種地方……」

「啊——！」

看見項鍊的勞瑞突然大叫。

「……人家好不容易才藏起來的耶。真掃興！」

勞瑞這麼喊完，便離開了會客室。

換言之項鍊並非失竊，實際上只是個惡作劇。要說雷聲大雨點小是誇張了點，不過這個真相實在是沒什麼好提的。

「啊？那傢伙的惡作劇鬧得人仰馬翻，我還傷了右手……更重要的是這個氣氛該怎麼辦啊！」

莫理斯亮出紅腫的右手大吼。然而，阿倫制止了兒子。

「莫理斯，你先安靜一點。」

多蘿西一臉做錯事的表情向大家低下頭。

「對不起。沒想到我女兒會做出那種惡作劇……」

「請別放在心上，她還是小孩子嘛。」

聽到外表充滿母性的夏娃這麼一說，在場沒人有異議。實際上，大家也想將勞瑞這件事當成小孩子的惡作劇帶過。

「話說回來，莫理斯小弟，不嫌棄的話讓我看看你的手吧？如果傷到慣用手就麻煩了。」

霍桑大概是出於好意才這麼說，不過對於莫理斯這種流氓往往只有反效果。

「哼，這種小傷塗口水就會好。好啦，重點是已經傍晚啦，吃飯吃飯。」

伍點頭同意他的話。

「的確。那麼，雖然有點早，我就去準備晚餐吧。」

伍做的晚餐比預期的還要美味，大家讚不絕口。

「以前我當小弟的時候也會負責下廚，算是當時的延伸囉。」

伍謙虛地這麼說，但是這麼高超的廚藝不可能僅僅這樣就練出來。總之他是個充滿謎團的男人，但不會讓人感到不舒服。

「多謝招待啦！」

「謝招待！」

凱恩和勞瑞這麼喊著，率先放下刀叉。儘管兩人一副沒有大人盯著就會馬上跑出去玩的模樣，卻被多蘿西一句「已經晚上了，要到外面玩的話明天再說」制止，讓勞瑞很沮喪。不過連凱恩也一起沮喪就有點好笑了。

「……多謝款待。」

茱麗葉瞄了弟弟一眼，平靜地致謝。她有種心不在焉的感覺。

「……撤掉吧。一用刀切肉我的手就痛。」

至於莫理斯則像這樣，牛排幾乎沒動。虧人家將頂級的肉烤到最適合的熟度，真是浪費。

「這還真是抱歉。不嫌棄的話，由我替您切如何？」

克里斯大概是純粹出於好心才這麼提議，不過似乎觸怒了莫理斯。莫理斯粗魯地丟下刀叉。

「多管閒事！該死，為什麼會搞成這樣……」

阿倫彷彿對自己兒子的行徑視若無睹，說出這種話：

「下過雨之後，地面反而更為穩固……如果兩家的關係因此更深厚，那麼方才的騷動也就有它的意義了。」

……一個大家族的家長，如果沒有遲鈍到這種地步，或許還當不了。

「最重要的是，如果我兒子和維奧萊特家的千金訂立婚約，我們兩家的同盟就完成了！」

果然是這麼回事啊……

我總算明白茉麗葉不願解釋的理由。

「不要那麼大驚小怪啦。畢竟這趟旅行從一開始就是為了這件事……」

看來我下意識地把內心所想的都寫在臉上了。

「由我們瑪布爾商會見證，會使這樁婚事成為絕對的契約。即使自家人表示反對，也能確實地讓他們都閉嘴。」

安這番話帶有難以言喻的分量。既然她講得這麼肯定，想必會確實做到。

「讓人閉嘴的方法有會痛的和不會痛的。不過我比較擅長會痛的那種。」

就在伍說出這幾句不知是玩笑還是認真的話時。

「叮咚」的聲音傳進餐廳。

「咦，怪了。各位賓客和我們……應該全員都到齊了才對。」
聽到克里斯這句話，我才明白剛剛那是門鈴聲。
「重點是趕快戒備。大姊頭早就這麼做了。」
安和伍散發連外行人都感覺得到的氣場。克里斯確實很強，但比不上這兩人。
「……有人來了。」
就在安這麼說完的三秒後，不速之客來到餐廳。
「我自己進來囉。這樣或許很沒禮貌，不過我有先按門鈴，希望各位見諒。」
居然有這種事。這位訪客也和其他登場人物一樣，以從者的面貌現身。而且，偏偏還是夏洛克・福爾摩斯。
「你是什麼人？這裡可不是偶然迷路就會走到的地方。」
「關於我的事，問一下戈爾迪先生或你的上司就好。」
他對伍這麼說道。安和阿倫登時臉色一變。
「沒想到你真的會來。我應該確認過沒人跟蹤才對……」
「雖然難以置信，不過也只能認了。」
阿倫說著便站起身來，對那個有福爾摩斯外貌的男子伸出手。

「你好，偵探閣下，歡迎你的到來。」
「這麼說來，我還沒自我介紹呢。我是薛靈漢，名偵探。」
被稱為偵探的男子微笑著握住阿倫的手，揭露自己身分。
薛靈漢……完全沒印象的名字。
「不過老爸，為什麼要找偵探來啊？」
莫理斯並未隱瞞對新訪客的厭惡。嗯，畢竟這人似乎和瑪布爾商會的人一樣，不是莫理斯應付得來的對手。
「這麼一來也只能告訴大家了……」
阿倫臉上瞬間閃過苦惱的神色，然後繼續說下去。
「其實在談這樁婚事的途中，我收到恐嚇信。對方要求我中止莫理斯和茱麗葉訂婚一事，否則戈爾迪家會遭遇不幸。」
「我說啊，老爸。我們碰過的無聊恐嚇已經多得數不清了吧？事到如今你還會被這種沒用的威脅嚇到啊？」
「這次的事都是暗中進行，知情的人很少。我甚至沒透露給幹部們……你明白這代表什麼吧？」

聽到阿倫的說明，莫理斯臉色大變。既然曉得這句話的意思，看來他並不是個單純的笨蛋。

「該不會，送恐嚇信的傢伙就在這裡頭吧？」

「這件事令人十分煩惱。就在昨天，我接到了薛靈漢先生的聯繫。」

薛靈漢點點頭。

「如果令公子訂婚一事讓您碰上麻煩，或許我能助您一臂之力——我只是傳了一通這樣的訊息。」

「於是我和安商量後回覆，如果能抵達我們所在的地方就雇用他。」

「所以呢，為什麼你會知道恐嚇信的事？」

對於莫理斯的質疑，薛靈漢得意地笑了笑。

「這點就當成企業機密吧。不過，沒有我不知道的事。」

「太可疑了！整件事，該不會都是這傢伙自導自演的吧！」

「不，即使如此，偵探閣下的實力依舊貨真價實。畢竟他已經正確地找出我們人在這裡。」

安似乎同意阿倫的看法，接著說下去：

「就連我們商會，也只有少數人曉得虛月館在什麼地方，設計這棟建築的日本建築師早已過世……只能認為他完美地追蹤了我們今天的旅程。」

「應該能代替問候了吧？」

薛靈漢若無其事地這麼說完，隨即以眼神掃過在場全員，彷彿要將每個人都鎖定一樣。

「待在這間屋子裡的人，除了我以外，大多屬於戈爾迪家、維奧萊特家、瑪布爾商會其中之一。沒直接關係的也有兩人呢。霍桑醫生和……那邊的利佳。」

說著，薛靈漢對我眨眨眼。彷彿在說他全都知道。

這個偵探……究竟知道多少？

「我答應各位，無論這棟屋子發生什麼事都會解決。畢竟，我是名偵探嘛。」

薛靈漢就像那位名偵探一樣，高聲如此宣告。

回過神時，我已經身在迦勒底的個人空間。

「太好了，你醒了！前輩，你沒事吧！」

「……瑪修？名字叫瑪修的瑪修？」

我不禁這麼問。既然身在迦勒底，眼前的人必然是那個可愛的後輩，如果連她都換成別人，我可能就要撐不住了。

「是、是的，我是瑪修・基利艾拉特……」

聽到這個回答，讓我深深地鬆了口氣。

「出現了名字和我一樣的另一個人，還是出現了名字不一樣的我嗎……？」

該怎麼講呢。總覺得才剛睡醒，就算要解釋也沒辦法解釋清楚。

如果現在回去睡，看不看得到後續啊……

「從這個狀況判斷……我該不會倒下了吧？」

「該說是慣例的入夢穿越嗎……那個，你不記得了嗎……？」

「完全不記得……」

瑪修顯得有點難過。

「在休息室，前輩買了熱咖啡，我買了可可亞。我們邊喝邊聊天，不過前輩盯著窗外的月亮看之後，突然呢喃一聲『茱麗葉……』就睡著了……還把咖啡灑出來……」

聽她這麼一說我才想起來，到買咖啡為止還有印象。不過之後的事非常模糊。

記得我好像不經意地看向月亮……

「沒錯。這是一場規模小卻有如煙火的騷動。特別是瑪修的驚慌樣。」

突然插嘴的正是詹姆斯・莫里亞蒂本人。方才雖然在夢中看見同一張臉，但是果然怎麼想都是別人。正牌的莫里亞蒂雖然友善，卻有種深不見底的恐怖。

仔細一看，夏洛克・福爾摩斯也在。想來不止瑪修，這兩人也幫了忙。

「但是上天沒有拋棄你們。不，應該說轉移目光吧。不瞞你說，湊巧路過的好心人正是我。於是我落得要驅策這身老骨頭把你搬過來的下場。之後嘛，還模仿別人做了些不適合我的看診行為呢。」

「資訊應該傳遞得精確一點，教授。路過的不止你，正確說來是『我們』。看診好像也是我做的？」

聽到福爾摩斯這麼說，總之我先對兩人低下頭。畢竟無論經過如何，替他們添麻煩是事實。

「替你們添麻煩了。」

「沒什麼。只是瑪修像這樣抱住我的腰，所以沒辦法視若無睹而已。她那個動作簡直就像個相撲格鬥家。我要是再年輕個二十歲就要淪陷啦！」

瑪修有些不好意思地扭動身子。

「話說回來，瑪修……現在是二〇一七年五月對吧？」

我突然想起要確認的事因此這麼問，瑪修則疑惑地點點頭。

「是、是的。今天是五月七日……不過日期有什麼問題嗎？」

福爾摩斯揚起眉毛。

「……嗯。居然被咖啡燙傷也不在意，而是先確認日期。」

接著他一副發現了什麼的模樣，咧嘴一笑。儘管不可能看見我腦裡在想什麼，不過這位名偵探好像已經大致明白怎麼回事。

「看來你似乎作了個相當奇怪的夢。能不能說說是怎樣的內容呀？」

那是個很長的夢……就算簡單扼要地說明也很費力氣。

儘管如此，我依舊勉強說明了來龍去脈，瑪修聽完立刻咬住餌不放。

「這……這……這個夢簡直就是推理小說的楔子耶，前輩！」

這麼說來，記得瑪修很喜歡推理小說。

「呃……光是聽前輩你這麼說，腦中就會浮現惹人憐愛的茱麗葉小姐與哈麗葉小姐、宛如母愛化身的夏娃小姐，以及天使般的安……不，凱恩小弟，加上雖然不能肯定也沒有證據，卻散發出沒用家長氣息的亞當斯卡先生，還有、還有——」

看見瑪修這副模樣，莫里亞蒂愉快地笑道。

「哈哈哈。冷靜一點，瑪修。立香小弟也混亂了吧？光是維奧萊特家就有五……不，六人。我也很在意那位叫霍桑醫師的人物呢！」

「嗯，那人想必不是什麼好東西。要不是密醫，就是類似騙徒的混混吧。」

福爾摩斯冷冷地說道。這位名偵探，對於莫里亞蒂向來嚴苛。

「騙徒？最後登場那個扮演偵探角色的男人嗎？以主角般的登場方式出現在很有名堂的豪宅裡，唉呀真是厚顏無恥到極點啊！這些自稱偵探的傢伙，為什麼每個都這麼可疑呢！」

莫里亞蒂也不服輸地出口傷人。

「教授，恕我直言，福爾摩斯先生之所以表現得像個怪胎是為了讓犯人大意。一點都不可疑的人，當不了名偵探。因為，溫柔的偵探大多都在中間就被殺掉了！」

福爾摩斯似乎被戳中什麼地方，揚起一邊的眉毛，但是什麼也沒說。莫里亞蒂見狀嘲諷地笑了。

「哈哈哈，的確沒錯！真是羨慕，熱心的推理小說迷就應該這樣！真是太好了對吧，福爾摩斯？」

「謝謝妳，基利艾拉特小姐。不過現在請保持安靜。我也會稍微反省。」

瑪修羞紅了臉，不過隨即想起什麼似的，指著室內的白板。

「啊，前輩。我試著就剛剛聽到的那些，畫出了大略的人物關係圖……」

不知不覺間，白板上已經有了這次事件的人物關係圖。

「這張圖有沒有什麼奇怪的地方？」

「嗯。這樣沒錯……我想是吧。」

當然，應該還有我這個外人不清楚的關聯性才對。

福爾摩斯望著人物關係圖看了一會兒，然後轉過來說道。

「……咳，那麼就把話題拉回那個夢吧。夢中的你叫利佳，有一位陌生的女性茱麗葉照料倒下的你。而且地點不在這個迦勒底，而在陌生的洋館。兩個家族聚集在那裡。這些人雖然外表是你所認識的諸位從者，名字和性格卻都是另一個人，是這樣對吧？」

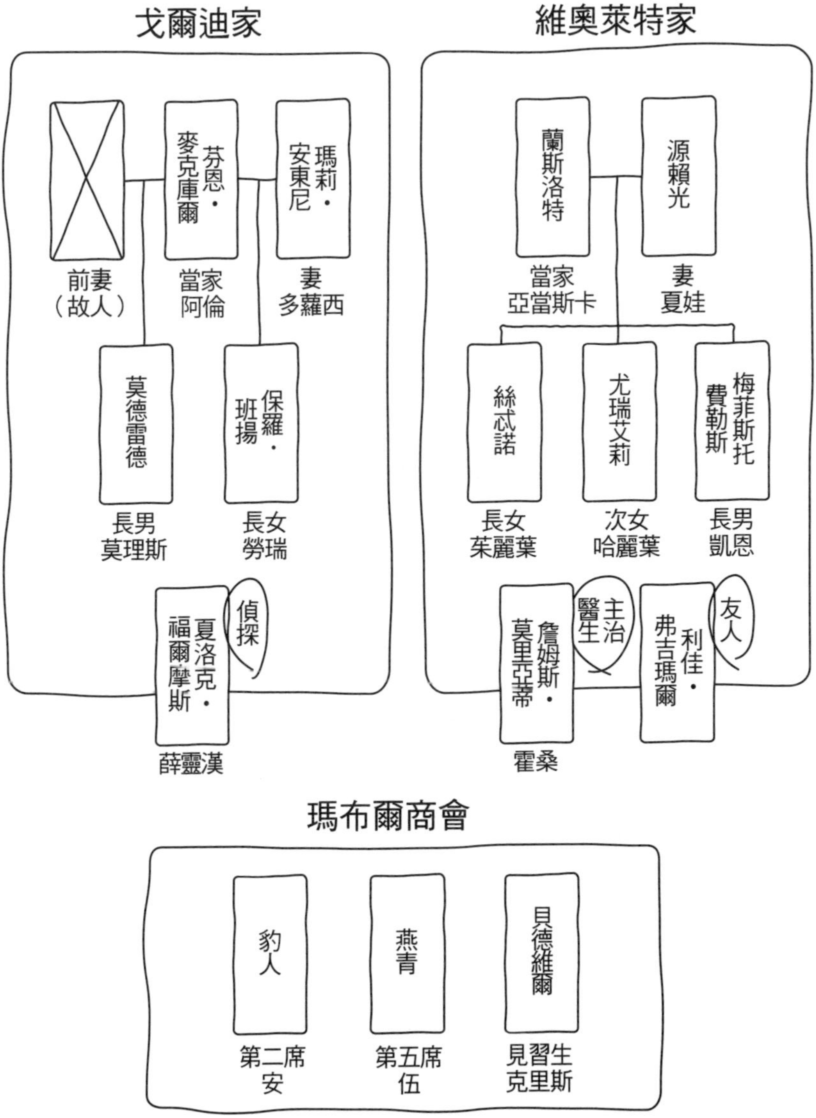
戈爾迪家
前妻（故人）
芬恩・麥克庫爾
當家 阿倫
瑪莉・安東尼
妻 多蘿西
莫德雷德
長男 莫理斯
保羅・班揚
長女 勞瑞
夏洛克・福爾摩斯
偵探
薛靈漢
維奧萊特家
蘭斯洛特
當家 亞當斯卡
源賴光
妻 夏娃
絲忒諾
長女 茱麗葉
尤瑞艾莉
次女 哈麗葉
梅菲斯托費勒斯
長男 凱恩
詹姆斯・莫里亞蒂
主治醫生
霍桑
利佳・弗吉瑪爾
友人
瑪布爾商會
豹人
第二席 安
燕青
第五席 伍
貝德維爾
見習生 克里斯

「是的。讓我非常混亂。」

「以單純的夢來說設定太細膩了。真要說起來，你聽過『虛月』這個詞嗎？」

「不，完全沒有……」

「根據辭典，這是日本的古代用語，指陰曆初三的月亮。那棟洋館有個古風的名字呢。不，我可以肯定，就該取這樣的名字。虛月館……我覺得很棒！」

「唉呀呀，沒想到基利艾拉特小姐居然這麼喜歡推理作品。所以呢，教授，你對剛剛那個故事，有沒有什麼評語？」

莫里亞蒂盤起雙臂思索起來，沒多久後開口說道：

「嗯。人類透過夢得知原本不可能知道的資訊……是這樣對吧？預知夢、千里眼、遠距離共享。在魔術世界應該不算罕見。」

「是啊，本次事件或許就屬於這一類。儘管只是個假設，不過有可能是接收某人所見的現實了。」

「嗯，大概就是這個方向吧。對你來說是不幸(Bad luck)。雖然不曉得訊息源在哪裡，但是立香小弟和那個叫利佳・弗吉瑪爾的線路(Channel)對上了。然而人類這種存在的資料量太大，包括聲調、膚質、表情等等，根本是資訊集合體。大概就是因為無法完全接收，才代換為你腦中從者們的模樣吧。說穿了就是腦部的安全機制。因為全盤接受會爆炸，所以換成簡單易懂的形式。」

雖然莫里亞蒂滔滔不絕的考察令人腦袋一團亂，我還是勉強吸收了。

「話說回來，前輩，你在夢中能自由行動嗎？」

「我想……應該是自由行動。不過在這同時，也有種『按照利佳・弗吉瑪爾意願行動』的感覺。我沒辦法解釋得很清楚……該說受到『絕對不想讓茱麗葉傷心』的意志支配嗎？」

簡直就像利佳表示「雖然我做不到，但是你來就沒問題」而託付給我的感覺。

「但是腦（本能）比意識（你本人）更清楚現狀。換言之——夢並未到此結束，它『還在繼續』啊！」

一聽到這句話，便有股難以形容的睡意來襲。不知為何，我只明白自己大概無法抵抗。

這麼說來，我還有件重要的事沒提。

「那個，利……」

話才說到一半，我便雙腿一軟跪倒在地。儘管好不容易才免於摔倒，但是已經連固定脖子都有困難。

「前輩……？——前輩!?」

我頭往下一垂，眼前一片黑暗。即使如此，依舊勉強聽到了瑪修他們的聲音。

「看吧，果然沒錯。就像瑪修說的一樣，剛剛只是起頭的部分而已。接下來，你就要奉陪這個『謎』。這個對於你來說是夢，對夢中的你卻是現實的『謎』。至於我呢，就以犯罪王詹姆斯．莫里亞蒂之名給個忠告吧。你所提到的情境、人際關係裡存在著惡意。」

儘管看不見表情，卻能明白莫里亞蒂在竊笑。

「——毋庸置疑。你在那個夢裡，被歸類到『受害者』那一邊喔。」

「教授？這是怎麼——」

還沒弄清楚狀況的瑪修明顯慌了。唉，在這種詭異狀況下依舊關心我的瑪修，真的是個好後輩。

「沒時間解釋。立香的眼皮已經像蓋上了砂一樣啊。至於我所能做的……這個嘛，頂多就是在夢裡，以醫生的身分替他包紮吧？」

儘管聽起來不太舒服，卻有種他在鼓勵我的感覺。

「這種表層意識的封閉方式不是睡眠……沒辦法撐著不睡。」

是福爾摩斯的聲音。雖然我大概會就這麼失去意識，不過還是得先聽完他的建議才行。

「我也給你一個建議。剛才你提到莫理斯代換成莫德雷德，好好想一想這件事有何意義。那是將給莫德雷德形象分配給莫理斯粗暴特質所產生的錯誤。可以當成既有知識與新接收資訊的差異。既然如此，或許還有其他的錯誤。聽好。**不能相信眼睛所見的東西**。這點千萬不能忘記。」

福爾摩斯說的我聽到了。不過可能是思考能力低落的關係，已經無法吸收。

「總而言之，慎重地思考、行動。落入夢中之後，我們幫不上任何忙。這場夢是某人的現實，而在作夢的期間，你就是那個『某人』。不是我想嚇唬你，但是**如果在那裡面臨死亡，會怎麼樣是個未知數**。」

是啊。死……我能在那裡活下來嗎？

「聽好。首先要客觀地蒐集情報。因為所有的推理，都是從這裡開始——」

最後連福爾摩斯的呼喚也傳不進我耳裡，意識——

第二章　第二天

The Kogetsukan murders Day2

醒來時，我已經身在虛月館房間的床上。我這才想起來，由於薛靈漢意外闖入導致腦袋完全撐不住，所以我早早回房間休息了。

幸好，在迦勒底和福爾摩斯他們談話的記憶依舊鮮明。只要我在這裡蒐集所需的情報，事態或許會往好的方向發展。

我下了床，在房間的浴室裡沖澡。雖說五官神似，不過別人終究是別人，這具身體是借來的。儘管有些愧疚感，不過我很快就重新纏起脖子上的繃帶和換衣服。

好不容易打理完畢抵達餐廳時，大家幾乎都在吃早餐了。

「三明治真是好吃呢。」

「是啊，相當貼心的早晨。」

茱麗葉與哈麗葉愉快地談笑。實際上也是，明明只是個三明治卻很好吃。不知道是材料好，還是廚師的手藝好……

「再怎麼說也是費了番工夫做的，能讓各位欣賞是我的榮幸。」

伍露出發自心底的笑容。

「實際上真的很棒。畢竟三明治就用不著刀叉了嘛。」

早餐吃三明治或許是顧慮到手受傷的莫理斯也說不定。

「這紅茶也很好喝呢。是茶葉不一樣嗎？」

「夏娃小姐，那是我沖的。紅茶這方面我接受過安小姐的嚴格訓練。」

安不高興地開口：

「克里斯，閒話少說。」

可能是讓別人覺得「以暴力為業的人竟對紅茶如此講究」會讓她不好意思吧。

我不太明白安在想什麼。

「克里斯似乎能當個好丈夫呢，而且讓人感覺很乾淨。」

「……夏娃，夠了。」

亞當斯卡出言責備一旁天真地評論的夏娃。

「剛剛那句話，感覺是繞圈子損人耶……」

原本心情不錯的莫理斯，表情愈來愈難看。這樣下去搞不好又會起爭執。

「因為女性的幾句話就動搖代表你還太嫩。我在你這個年紀，無論聽到什麼都不為所動喔。」

出言安撫莫理斯的則是父親阿倫。

「因為我當時已經和眾多知名美女傳出緋聞啦！哈哈哈哈！」

莫理斯嘖了一聲。

「我原本還想悠哉地玩一陣子，是老爸你提出這樁婚事的吧。」

「唔，是這樣嗎？」

阿倫剛剛這番話雖然差勁透頂，卻不可思議地讓人沒辦法討厭他。無論身處何種組織，受人喜愛這種才能必然派得上用場。不過嘛，從家人的角度看會不會高興就難說了……

「莫理斯先生，如果剛才那幾句話聽起來很怪，就請你原諒囉。」

「嗯，我沒在意啦。」

「這樣啊。話說回來，克里斯，待會兒要不要來我房間玩？」

「住口，夏娃！」

才訓過夏娃沒多久她又說出這種話，讓亞當斯卡哀號似地出聲制止。

「哼，居然讓家裡的女人亂講話，還真是丟臉啊。你不這麼覺得嗎，老爸？」

這回換成莫理斯諷刺維奧萊特家。以這種發展看來，阿倫大概也無法制止。

「……夠了，莫理斯。爸爸也很為難吧。」

這回換成多蘿西責備莫理斯。雖然是後母，不過母親就是母親啊。

「是是，知道了啦。」

「欸欸，那個也可以吃嗎？」

勞瑞指著放在空席沒人吃，就這麼逐漸乾掉的三明治。

「這麼說來多了一份呢～我也想吃耶～」

凱恩也用兩根食指輪流指著三明治。這副德行可不只是沒規矩了，雖然要說這樣才像他也沒錯。

「那麼，我就和凱恩哥哥一人一半囉。」

「……那是薛靈漢先生的份喔。」

聽到伍這麼一說我才發現。薛靈漢還沒現身入座吧？

「喂，克里斯。薛靈漢先生怎麼了？」

「薛靈漢先生似乎還在休息。我想他大概是累了，所以沒有敲門……有什麼問題嗎？」

「不，以待客來說很完美，不過總覺得不太對勁。」

阿倫露出有些擔心的表情。

「但是我們今天早上已經預定要和偵探閣下商量今後的事了呢。」

克里斯微微一笑，鞠了個躬。

「既然如此請交給我處理。我這就去請薛靈漢先生。」

克里斯轉身離去，連腳步聲都沒有。雖說只是瑪布爾商會的見習人員，不過他的體術似乎經過一番磨練。

「順便問他還要不要吃早飯喔！」

「問他、問他！」

勞瑞和凱恩開心地對克里斯的背影嚷嚷。莫理斯則是按住太陽穴看著這一幕。

「我的頭開始痛了。這裡是幼稚園嗎？」

但是哈麗葉和夏娃卻對莫理斯的諷刺嗤之以鼻。

「唉呀，一個大孩子在說什～麼呀？」

「是啊……但妳不覺得就是因為任性才可愛嗎？」

反過來遭到人家品頭論足的莫理斯十分激動。

「就說我聽得到啦！」

他一副要起身衝去質疑的模樣。不過就在這一刻——

「嗚哇啊啊啊啊啊啊啊！」

某處傳來男性的慘叫。從聲音聽來，應該來自館內的某處吧。不，更重要的是……

「剛剛的聲音是……克里斯？」

旁邊的茱麗葉不安地問，我點點頭。雖然這是第一次聽到克里斯慘叫，不過從音色和現況來說，聲音的主人只可能是他。

我和茱麗葉認為該立刻趕往現場，同時站起身。

「我們去看看。大家在這裡等著。」

「可是……」

亞當斯卡一副想留住茱麗葉的樣子，不過在那之前伍先開了口。

「事情不尋常啊。我也和茱麗葉大小姐及利佳一起去，其他人請繼續留在這裡休息。」

說著，伍偷偷朝這邊眨了眨眼。看樣子他是在為我們著想。我愈來愈欣賞這個男人了。

總而言之，趁著還沒有人反對，我和茱麗葉、伍一同離開餐廳。

我們很快就找到了克里斯。

「各位？」

克里斯僵在照理說是目的地的薛靈漢房間前，幸好看起來沒有受什麼傷。

「怎麼啦，克里斯？居然會發出那種難得聽到的聲音。」

「剛剛一時亂了方寸，現在已經沒事了。不過……」

克里斯畏畏縮縮地看向薛靈漢房間的門。門沒鎖，是半開的。

「房內有什麼嗎？」

「茱麗葉小姐，不可以。」

克里斯的制止慢了一步。茱麗葉輕輕一推半開的門，趴在地上的薛靈漢身影便暴露在我們眼前。

完全出人意料……沒想到偵探居然會先遇害！

「這怎麼回事……他真的死了？」

茱麗葉大受震撼。可能完全沒想過門的另一邊會有屍體吧。

「看起來似乎已經太晚了……暫時封鎖現場，先向大家報告吧。」

我們回到餐廳後，伍淡淡地告訴大家事情的始末。

「沒想到薛靈漢先生居然死了……」

多蘿西似乎為昨天才初次見面的男人之死感到心痛。

阿倫與安保持沉默，不過總覺得能猜到他們在想什麼。薛靈漢雖然身分可疑，偵探本領卻貨真價實，光是留著，就可能抑止館內的犯罪行為。不過，這股抑止力輕而易舉地消失了。

「犯人就在這裡嗎……不，會不會是什麼意外呢？」

亞當斯卡一臉擔心地詢問伍。真要說起來，「能輕易殺害薛靈漢的人躲在此地」這個事實未免太過沉重。亞當斯卡這種希望是出了什麼差錯的心情，我也是能體會。

「雖然我還沒有仔細調查，然而感覺實在不太像意外死亡或自然死亡。」

「儘管問這種事或許沒意義，不過在場有沒有人自認是最後一個和薛靈漢先生見面的？」

我原本以為沒人會回答哈麗葉，意外的是克里斯舉手了。

「唉呀，是你？」

「請容許在下發言。雖然嚴格說來不是最後……昨天晚上，薛靈漢先生拜託我送紅茶到他房間。」

「所以呢？還有後續吧？」

抱胸坐著的安對克里斯施壓，但是克里斯明顯有所猶豫。

「這……」

「情況緊急。就在這裡把事實說出來。」

大概是上司都這麼講了也無可奈何吧，克里斯接著說下去。

「薛靈漢先生要了兩個茶杯……看樣子房間裡還有別人。」

「真的假的……」

嘀咕的人是莫理斯，不過從他的表情看來，似乎對克里斯這兩句話相當驚訝。

「所以呢，那個和他待在一起的人是誰？」

安出言催促，但是克里斯搖搖頭。

「這……我不知道。薛靈漢先生要我在房間外頭等待，接過茶壺和茶杯後立刻進房……連往裡面看的機會都沒有。只不過，他的行動讓我懷疑，房間裡是不是女性……之後我就沒深究了。」

「唉呀……克里斯意外地純情呢。」

夏娃輕笑著這麼說。克里斯先是害羞地低下頭，不過很快就抬起頭繼續說明。

「不過，要說有什麼線索的話……大概是薛靈漢先生要了一個左撇子用的茶杯吧。薛靈漢先生本人似乎慣用右手，所以我想對方應該是左撇子。」

「哈哈，這還真是傑作。」

莫理斯大笑。

「代表有個女人在這種時候和他密會啊。假設是個『左撇子女性』……該不會是我的後母吧？」

被指名的多蘿西臉色大變。

「莫理斯，你在說什麼鬼話！玩笑也有分能開和不能開的。還有，我慣用的是右手。都一起生活十年了，你不可能不知道吧？」

「啊～是是。玩笑啦，玩笑。」

伍環顧眾人後這麼宣告。

「請恕我問個失禮的問題，在場有哪位是左撇子嗎？」

但是和方才哈麗葉那時不同，沒有人給予伍肯定的答覆。伍一臉尷尬搖搖頭。

「……看樣子沒有呢。不過嘛，這個時機大概也讓人很難承認。」

「密會姑且不論……該不會因為這種變故讓同盟一事付諸流水吧……」

亞當斯卡顯得相當狼狽。看樣子和薛靈漢遇害相比，他更擔心同盟取消。說不定是因為他已經見慣屍體了……

「雖然發生意外狀況，不過還請大家重新打起精神，按照預定繼續下去。」

聽到安這幾句話，亞當斯卡明顯鬆了口氣。不過，多蘿西可就激動了。

「騙人的吧？我們應該立刻中斷這件事回家去。快點叫人來接！」

「很遺憾，這裡沒有和外界聯絡的手段。不管發生什麼事，都無法中斷。」

安以公事公辦的口吻冷冷地說道。

「怎麼會……勞瑞也在這裡耶？」

「後天會有人來接，在那之前無論如何都得請各位待在這裡。」

看得出多蘿西因為擔心女兒安危而情緒化。

阿倫摟住妻子的肩膀，這麼說道：

「不，這樣就好。總不能因為發生這種事就中斷。畢竟這件事不止對我們很重要，對維奧萊特家的各位也是。」

「我有同感。唉呀，實在是感激不盡……」

看見亞當斯卡低下頭，莫理斯嗤之以鼻。

「唉呀～真拚命呢。同盟就這麼重要啊？」

「……莫理斯，你這句話我實在不能當沒聽到。向人家道歉。」

語調雖然平靜，卻帶有強烈的怒氣。明白父親有多生氣的莫理斯，向亞當斯卡微微低下頭。

「是是。亞當斯卡先生，真是對不起。」

言不由衷地謝罪後，莫理斯瞪著眾人這麼說道。

「不過啊，犯人就在這裡倒是千真萬確。聽好，我才不會被這種事嚇到！」

看見莫理斯的反應，安以只有伍他們能聽到的音量，小聲說道：

「精簡人員產生反效果了嗎……沒想到會發生這種事。」

但我不認為這是安的失策，畢竟能預料到會發生命案才奇怪。

「讓各位抱著度假心情來此地還發生這種事，實在非常抱歉，不過還請盡量留在我們看得到的地方喔。」

「相對地，有任何要求儘管告訴我們。」

伍和克里斯似乎明白上司有多痛心，如此告訴大家。大概是認為，無論怎麼樣都得優先排除賓客的不安。

「那麼，請各位放輕鬆休息。」

聽到伍這句話，兩家的人顯得較為安心，各自在不同時間走出餐廳。

離開餐廳後，我和茱麗葉漫無目的地在走廊上閒晃，但她始終顯得憂心忡忡。

「雖然他要我們放輕鬆，但是我完全靜不下心啊。」

她徵求同意，於是我點點頭。我的神經可沒粗到在這種狀況下還能享受閒暇。

「……欸，那是——」

茱麗葉拉拉我的袖子。我往她視線的方向看去，發現伍和霍桑站在前面，似乎在等我們。

「喲，兩位。抱歉打擾你們的私人時間，可以撥個空嗎？」

「什麼事？」

茱麗葉抱胸瞪著伍。

「啊～別露出那麼可怕的表情啦。其實我有話要跟利佳說。」

「利佳沒辦法說話，由我代替他發言。」

雖然茱麗葉護著我令人開心，可是反過來說，讓她保護也讓我有一絲難為情。所以，我至少還是往前踏出一步，展現自己的意志。

「嗯，利佳。有空的話能麻煩你擔任偵探嗎？老實說我忙著戒備分不開身。」

「意思是……你不認為利佳是犯人？」

茱麗葉的表情在安心與不安之間游移不定。

「我看見第一天球砸到頭之後的騷動了。連那種球都躲不掉的遲鈍……喔，失禮了。一個動作完全是大外行的人，我實在不認為有辦法做出殺人這種不得了的事。不過嘛，雖然殺人也用不著體術就是了。」

儘管講得很沒禮貌，不過伍的看法大致沒錯。

「先不管你的根據，利佳做不出殺人這種事，我倒是有同感。所以利佳，你願意接下偵探這個角色嗎？」

這回我用力點頭，霍桑有些驚訝地看著我。

「喔？個性雖然低調，卻很有行動力呢。我也贊成。若是利佳同學，想必能做出對兩家都很公平的判斷吧。」

「話說回來，醫生為什麼會在這裡？」

「我也是伍兄弟找來的。畢竟，這裡能驗屍的只有我。」

聽他這麼一說倒也沒錯。如果只是要治療傷勢，伍他們或許也做得到，不過驗屍只能靠專家霍桑。

「那就去薛靈漢的房間吧。真是的，實在提不起勁呢。」

「這麼說也是。那我們走吧。」

我和茱麗葉轉過身子，和霍桑三人回到現場。

雖然看見屍體這種東西不可能會舒服，不過薛靈漢的屍體比想像中還要乾淨。

「雖然膚色蒼白，不過感覺就像還活著一樣……」

「如果看起來是這樣，就試著摸摸他的手腕吧。」

「是嗎？那麼，保險起見……」

雖說是受到霍桑慫恿，不過看見茱麗葉若無其事地摸屍體還是令我吃驚。真是勇敢的少女。究竟是什麼驅策她這麼做呢？

「……確實沒有脈搏呢。利佳要不要也摸摸看？」

我連忙搖頭表態，於是茱麗葉沒好氣地看著我。

「你以為我喜歡摸屍體嗎？」

我再次搖頭。因為我不明白茱麗葉為什麼會率先去摸薛靈漢的屍體。

不過她主動說出了答案。

「我也很怕。不過，總覺得這個人之所以會死，我也有責任……」

「茱麗葉，妳的臉色很差。後面就交給我和利佳同學，妳回房間休息吧。」

「不，我奉陪。反正一個人待在房間也很可怕。」

霍桑聳聳肩。

「既然如此我就不攔妳了……那麼，死亡確認已經夠了吧。從屍體的失溫情況看來，死亡應該是在深夜，不過重點在於薛靈漢先生的死因。」

「醫生你的見解是？」

「大概是某種毒物致死吧。不過，毒的種類和進入體內的路徑不清楚。目前知道的大概就這樣吧。」

總覺得有點失望。我原本以為，既然是專家就會給點更具體的見解。

「只有這樣？其他的呢？」

「我雖然是醫師，卻算不上這方面的專家。沒辦法判斷是將毒物混進飲食裡，還是塗在針之類的東西上頭刺人。要是有檢驗毒物用的試劑就好……」

突然，敲門聲響起。

「我是克里斯。」

「啊，請進。」

茱麗葉給了許可後，克里斯安靜地入內。

「在各位正忙的時候打擾，真是抱歉。今天的氣溫似乎會升高……是否將薛靈漢先生的遺體搬出去比較好？」

原來如此，克里斯的提議也有道理。現在雖然還好，不過如果可以，我實在不想看見這具有福爾摩斯外表的屍體腐壞。

「啊，抱歉。你都這麼忙了，還勞你費心。」

「話說回來，醫生，關於毒物這點要怎麼辦？如果是加進飲食裡，不就無從提防了嗎？」

「雖然由伍先生掌廚，應該不至於被人下毒，不過為了保險起見我會先試毒。所以還請放心。」

克里斯面帶微笑，若無其事地這麼說道。

「慢著……如果有毒，搞不好會死耶？為什麼你能笑著說這種話？」

克里斯收起微笑，一臉寂寞地回答。

「我在懂事前就被瑪布爾商會收養，所以為商會獻出這條命是理所當然。」

「這算什麼……人生是你自己的吧？這樣哪可能會是好事啊？」

「……恕我直言，茱麗葉小姐。對我來說瑪布爾商會等於家人，安小姐就如同母親。而且您不也為了家族接受了不情願的婚約嗎……兩者沒什麼差別喔。」

「完全不一樣！」

茱麗葉大叫。不過，她似乎很快就冷靜下來，這麼補充：

「……我認為不一樣。」

「抱歉，是我說得太過火了。請原諒我。」

「無妨。我已經沒在生氣了。」

這麼說的茱麗葉，表情已經恢復原狀。

「那麼，既然驗屍已經結束……我想把薛靈漢先生搬到別的地方。」

克里斯同意霍桑這句話。

「若是這樣，地下室還空著。不過，沿路風景對賓客來說太冷清，遺體由我搬過去吧。」

「慢著！」

霍桑對克里斯提出異議。

「怎麼了？」

「如果只是搬運遺體，我和利佳同學就夠了。」

「但是……」

克里斯顯得不太情願。不知道是把搬運遺體交給外行人令他擔心，還是沒辦法信任我們……

但是霍桑微笑著說服他。

「我很清楚，你們的人手不夠。所以我希望讓每個人處理適合的工作。這種單純的勞動，我們來就好了。相對地，工作完畢後能不能準備一壺好喝的紅茶慰勞我們呢？畢竟這件事我們做不到嘛。」

克里斯聽到這番話之後猶豫了一下，接著露出笑容點點頭。

「既然如此，請務必交給我。」

「欸，茶葉有多少種啊？」

大概是聽到紅茶後感興趣了吧，茱麗葉向克里斯搭話。

「這個嘛，雖然不敢說什麼都有，不過從知名的到稍微冷門的都蒐集了不少。我想茱麗葉小姐應該也會中意的。」

「嗯……可以直接挑嗎？」

「請。」

霍桑小聲地說「動手吧」催促我。克里斯大概是讀出了他嘴脣的動作，自然地領著茱麗葉去選茶葉。

「那麼，我帶您去倉庫。霍桑先生、利佳先生，稍後會客室見。」

目送兩人離去後，我和霍桑立刻開始準備搬運遺體。我們將薛靈漢的遺體放到事先鋪到地面的床單上，就這麼小心地將他包起。

「麻煩你抬腳那邊。」

在他的要求下，我小心翼翼地抓住薛靈漢的腳踝。雖說隔著長褲和床單，感受到失去性命的人體重量依舊令我不舒服。真想趕快把他搬到地下室。

「那我們走吧。」

「嘿咻……」

我們將薛靈漢的屍體放到地下室的地板上。

「這種工作很折磨腰呢。我也不年輕了。」

我也很累。要不是遺體在旁邊，我真想先休息一下再回會客室。

「就讓薛靈漢先生睡在這裡吧。畢竟這裡室溫低，遺體應該也不至於受到激烈碰撞。不過嘛，真的是個冷清的房間倒讓我吃了一驚……或者該說嚇一跳。」

說到這裡，霍桑突然露出邪惡的笑容。

「那麼……這件事先擺一邊。總算只剩下我們兩個了呢。」

我不禁詛咒起自己的大意，身上什麼武器都沒帶。如果現在霍桑動手，我毫無疑問會沒命。

不過下一秒，霍桑就滿懷歉意地謝罪。

「呃，我沒有要恐嚇你的意思。我只是想和你私下談談……因為茱麗葉不在場比較方便。」

看樣子他打算和我談有關茱麗葉的事。既然如此，應該還是老實聽比較好吧。

「我從茱麗葉還是嬰兒時就認識她，和她母親也相識多年。」

這麼說來，該不會以前你們兩人是情侶吧？

「不是啦！絕對不是！不，這種話由自己說出口實在讓人難過。」

霍桑拚命地否定。看來我擅自揣測的內容都寫在臉上了。

「畢竟，她是個萬人迷。我這種不起眼的男人根本得不到青睞。就算沒這麼受歡迎，她依舊是維奧萊特家的千金，因此我駐足不前，更別說什麼追求……不過嘛，她似乎還是將我當成朋友，和亞當斯卡結婚之後，我們的友誼仍然持續下去。」

也就是所謂的知交吧。

「進一步來說，茱麗葉姊妹誕生後，他們甚至選上我擔任維奧萊特家的主治醫師。長年提供我穩定收入的維奧萊特家，對我有恩。不過有恩歸有恩……這次的事我實在不怎麼想幫忙。」

談起這個話題的霍桑，表情滿是苦澀。

「戈爾迪家和維奧萊特家……在你眼裡或許是上流階級的一員，不過實際上，兩家都是代代以反社會活動為業的一族。他們不缺金錢與暴力……是以這些東西為武器生存至今的人種。」

莫理斯以外的人看起來實在不像，不過，或許真是這麼回事。

「……話雖如此，但是這幾年，他們的處境都很危險。本來，他們是長年爭奪某座都市控制權的不共戴天之敵。不過近年有外敵入侵，使得兩個家族都相當疲憊……這樣下去別說撐不到十年，還有可能因為抗爭同歸於盡。在這種狀況下，兩家的當家得到同樣的結論。同盟……不，是合體。締結絕對不會背叛彼此的關係……並且讓兩家的長男長女訂婚當成盟約證明。」

原來如此。可是到了二十一世紀居然還有政治婚姻這種事……

「你覺得政治婚姻這種事很蠢對吧？不過這是成熟的大人們認真討論之後做的決定，所以沒辦法輕易推翻。」

霍桑深深嘆口氣。看得出這人把茱麗葉當成親生女兒看待，擔心她的將來。

「我雖然獨身，卻將茱麗葉她們當成自己的孩子。而且，我偶爾會希望茱麗葉能像母親那麼自由奔放。如今，那孩子為了家人，正準備踏入一樁不情願的婚姻裡。這點令人非常難受。再加上那個叫莫理斯的……你覺得他會是個好丈夫嗎？」

我搖搖頭。莫理斯為人實在太糟，嚴重到讓我覺得連局外人都可以表達意見。

「我有同感。莫理斯只是個會為了面子和當下情緒鬧事的混混。不過，戈爾迪家和維奧萊特家滿滿都是這種人。所以這次的合併也無法簡單得到認可。因為那些人看不見未來，眼裡只有過去和現在嘛。不僅如此，還盡是一些認為與其和敵人聯手不如全面開戰的傢伙。實際上，阿倫先生和亞當斯卡似乎也承受了不少來自底下的壓力。於是頭痛的阿倫先生拜託瑪布爾商會幫忙。畢竟，瑪布爾商會的見證是絕對的。在黑社會，沒人敢對瑪布爾商會見證的婚約多嘴。」

看似不知畏懼為何物的莫理斯，碰上安他們照樣顯得畏首畏尾，大概除了他們個人的暴力之外，也和這個背景有關吧。

「……這次表面上是四天三夜的家族旅行，實際上目的在於悄悄完成兩家的契約。」

真是過分。但是，為什麼這種重要的場合會把外人利佳找來呢？

「不管做出什麼選擇都是那孩子自己的人生，然而就算是這樣，我依舊不希望她走錯路。唉，人生很長，之後出什麼事都不奇怪。如果茱麗葉對你伸出手，無論什麼形式都行，能不能請你牽起她的手呢？雖然不敢追求意中女子所以連被拒絕都做不到的我，或許沒資格說這種話。」

聽完中年醫師的後悔，令人有些傷感。

「好啦，回去吧。茱麗葉和好喝的紅茶正等著我們呢。」

前往會客室的途中，我在走廊上看見理應在等我們的茱麗葉。而且她似乎正和某人爭論。我小跑步靠近，看見莫理斯纏著茱麗葉。

「能不能請你讓開？紅茶要涼了。」

「前提是妳先聽我說完話。」

我正想上前解救茱麗葉，卻被霍桑攔住了。

「看來似乎起了什麼爭執……不過，那兩人好歹也有婚約。先看看狀況吧。」

我遵從霍桑的提議，留在原地靜觀其變。

「行。所以呢，什麼話？」

茱麗葉毫不遮掩自己的不悅。另一方面，莫理斯則是露出下流的笑容。

「老實說啦，妳妹妹比較合我胃口。妳能不能和她交換啊？」

儘管從遠處也看得出茱麗葉在生氣，不過她似乎勉強壓下了怒火，接著努力以平靜的語氣詢問莫理斯。

「這不是你我能決定的事吧。」

「不，我是在想，如果妳迷上我就太可憐了，所以先問一聲。但妳看來是不肯老實招認的人，問這種問題大概也不會回答真心話。不過，如果妳堅持，要我和妳上床也不是不行喔？反正妳長得也不差。」

「你這人真差勁……」

這回則是明確地表露出厭惡。茱麗葉的忍耐似乎在此到了極限。

「怎麼辦呀，利佳同學？」

我真想拿石頭或球砸那個差勁的混蛋。當然，應該會遭受相應的報復，然而我已經忍不下去了。

不過，救世主在此時現身。

「莫理斯先生，這樣下去會……」

路過的克里斯委婉地提醒莫理斯，結果莫理斯立刻往後跳開。

「唉呀，危險的傢伙來了。這回搞不好手會被折斷，所以放妳一馬。我去外面散散步，別跟過來！」

說著，莫理斯逃跑似地離去。標準的雜碎舉動。不過，這樣能讓茱麗葉感到些許安慰。

「還好吧？」

對於霍桑的詢問，茱麗葉點點頭。

「還好……雖然不是沒事。」

說這句話的同時，她一直盯著我。是不是恨我沒有立刻過來幫忙呢？

「克里斯，醫生，可以請你們先過去嗎？」

被指名的霍桑和克里斯面面相覷。不過，最後他們還是聽從了茱麗葉的意願。

「嗯，既然如此……我們走吧，克里斯。」

「好的。那麼我會沖一壺好喝的紅茶。」

「謝謝。我們會在紅茶涼掉之前過去。」

於是兩人離開現場。我目送他們的背影，想到接下來茱麗葉會為了方才沒出面相救這點逼問我，就覺得胃痛。

「利佳，對不起，我不該騙你只是家族旅行，讓你跟來。」

然而茱麗葉說出口的卻是謝罪。

「我原本還在想對方究竟有多糟糕……居然比想像中還要糟上兩成。」

我豎起兩根手指，試著將「只有兩成？」的疑惑傳達給她。於是茱麗葉笑了出來。

「噗！你那手指是怎樣，笑死我了！」

剛才那陣緊繃氣氛就像假的一樣。不，想必這才是茱麗葉的本性吧。

「你雖然平常就傻傻的，今天卻是平常的兩倍呆呢！」

茱麗葉說著就抱住了我。我稍微猶豫一下後，用手環住她。

「——呵呵。謝謝你，利佳。我現在比較舒坦了。不過啊，我是因為生在這個家才能過好日子，也才能進現在的學校、和你相遇。我感謝這一切。正因為如此，我不能逃避身為長女的責任。」

胸口感受得到茱麗葉的吐息。若是這個距離，悄聲說話也能傳進茱麗葉耳裡。

『要不要一起逃跑？』

這句話從口中逸出，令我不由得按住咽喉。感覺簡直就像某人借用自己的嘴說話一樣。

「等等，你的聲音……」

茱麗葉也用手摀住我的嘴，並且環顧周圍。幸好，似乎沒人聽到。茱麗葉緩緩鬆手，拉回話題。

「你的心意我很感激。但就算我逃走，也只是換成妹妹犧牲而已。這實在……而且讓莫理斯開心也會令人不爽對吧？」

看樣子茱麗葉已經有了和莫理斯訂婚的覺悟。但是，這和認命沒什麼兩樣……我實在無法乖乖接受。

可能是因為這種想法寫在臉上，茱麗葉突然生氣了。

「等等，你那是什麼表情？我可不是因為想看見那種臉才帶你來的耶？」

說著，茱麗葉伸手推開我。儘管感受不到半點殺意，力道卻意外地大，導致我的後腦勺撞到了牆。

啊……事情搞不好有點糟。

先是頭有點暈，下一秒我已經坐倒在走廊上。接著意識漸漸地……

「咦，不好。利佳？振作點啊，利佳！」

茱麗葉擔心的聲音宛如送別一般，我暫時離開了虛月館。

睜開眼睛之前，我就已確定。

看吧，果然是迦勒底的個人空間……

一坐起身，瑪修、福爾摩斯、莫里亞蒂便停下討論。

「喔，醒得比我想的還要快呢。在那之後還不到一小時。」

「咦？我覺得自己已經活動了大約四小時……」

不過聽他這麼一說後，我就發現失去意識時的成員都還待在房間裡。換言之，他們在商量如何善後時我就醒了。

看見我困惑的模樣，福爾摩斯顯得很感興趣。

「這邊的現實和你的夢境，時間流逝的速度好像不一樣呢。無論如何，我們需要更多資訊。好啦，讓我們聽聽發生什麼事吧。」

一方面是這回清醒的時間比較短，所以發生的事比較容易說明。

「……於是你被茱麗葉小姐推了一把後昏過去了？」

瑪修重新確認，令我相當不好意思。莫里亞蒂也在笑。

「嗯，真不幸，運氣不好！但是——哈哈哈、哈哈哈哈哈哈哈哈！看樣子還有個更不幸的男人啊！爽，令人無比愉悅的大失態啊！」

聽到這裡，我總算發現莫里亞蒂嘲笑的對象不是我。

「你也這麼想吧，薛靈漢老弟？唉呀抱歉，在這邊名字不一樣啊。福爾摩斯！夏洛克・福爾摩斯！沒想到你會立刻退場，就連我也沒料到喔！噗哈哈哈哈哈哈哈哈哈！」

瑪修雖然露出驚訝的表情，卻在我耳邊悄聲說道。

「……前輩，我還是第一次看見教授這麼開心！」

「……嗯，簡直就像回到了童年一樣。」

我正在想當事者福爾摩斯會怎麼應付莫里亞蒂的嘲諷時——

「巴流術。」

居然是動武！

福爾摩斯以擅長的巴流術踢飛莫里亞蒂。莫里亞蒂慘叫一聲「Ouch！」，就這麼滾到房間角落。

「失禮了。我在思考，能不能麻煩安靜一點？」

儘管嘴上這麼說，不過他應該是受不了遭到莫里亞蒂嘲笑吧。

「……但是薛靈漢……身為偵探居然率先退場，訓練不足啊。偵探是個與危險比鄰的職業。精通格鬥技以防身可是紳士應有的教養啊……」

「你那種是緊要關頭時拿犯人當盾保住自己小命的防身術吧。」

莫里亞蒂按著腰，好一會兒才站起身。儘管他或許只是在逞強，不過這句還真幽默。

「不過薛靈漢被殺可就費解了。如果是其他人倒還好懂。」

「這是什麼意思，莫里亞蒂教授？」

我在思考之前先問出口。既然不曉得什麼時候會失去意識，就不能浪費時間。

「假如恐嚇者在這次的登場人物之中，那麼薛靈漢來訪應該是出乎意料的突發狀況。」

莫里亞蒂欣然回答我的疑問。

「恐嚇者……嗯，先假定他是犯人吧。假設犯人在虛月館做了種種準備。那麼對於犯人來說，殺害薛靈漢不會是什麼好事。畢竟事前毫無準備。必然會在什麼地方出現破綻……出現失誤。想排除意料之外的訪客這點能理解，但是第一步就這麼做，教授我實在沒辦法稱讚他啊。」

聽到這番說明，一臉佩服的瑪修「嗯嗯」地點頭。

「……原來如此。就心情上，犯人會想盡可能避免發生這樁命案……換句話說，殺害福爾摩斯先生是臨時起意？」

「薛靈漢。他叫薛靈漢喔，基利艾拉特小姐。」

福爾摩斯一臉不高興地訂正。莫里亞蒂愉快地看著宿敵的樣子，繼續解釋。

「是啊。如果從犯人的角度來看，應該沒有餘力多殺一人吧。一旦有人死亡，生存者就會提高警覺。這麼一來成功殺害主要目標的機率會下降。假如案件與復仇、私怨無關，那麼第一個殺的就該是主要目標。但是殺害薛靈漢先生並非重點，畢竟他與兩個家族無關。所以犯人應該是不得已才做出這個選擇吧。」

「呃，莫里亞蒂教授，您認為薛靈漢先生為什麼會被殺？」

聽到瑪修的疑問，莫里亞蒂顯得很吃驚。

「那還用說嗎，親愛的小姐。當然是因為這人礙事得不得了！我懂他的心情！長那副德行的偵探大搖大擺地跑來，我也會想把他扔進棺材！他有可能妨礙犯人已經計畫好的威脅步驟。而且，一切結束後還有可能解開謎題。偵探這種東西對犯人來說有百害而無一利，在計畫開始前就該除掉。」

「怎麼會……」

「很遺憾，我的意見和他一樣。而且先殺偵探，代表躲在虛月館的恐嚇者顯然是個『計畫型』罪犯。這麼說來，在你睡覺的期間，我們也有些進展喔。」

福爾摩斯敲敲附近的白板。

「雖然沒找到瑪布爾商會，卻找到了名稱為戈爾迪公司和維奧萊特有限公司的企業。這兩家企業都扎根於美國的某都市，似乎長年爭奪地方上的利權。公司代表分別是阿倫·戈爾迪和亞當斯卡·維奧萊特。完全一致。」

「只不過，沒辦法連有關兩人家庭的情報也弄到……」

瑪修一臉歉意地補充。莫里亞蒂則在旁幫腔。

「畢竟對於反社會組織的頭目來說，近親情報有可能成為弱點嘛。他們應該會盡可能隱瞞吧。」

「……真的是『正在發生』的事呢。不是過去、未來，或者特異點的事。」

「嗯。有關他們的情報，我們還在調查當中。你下次醒來時，應該能夠查到詳情吧。」

「這樣還叫世界第一的顧問偵探，我聽到都傻眼了。只要把管制室的終端機交給我，一瞬間就能搞定。」

「哈哈哈，我可沒醉到會把主鑰匙交給小偷。不過嘛，就算是我，也連不進管制室的主機。那是貨真價實的黑盒子。就算拷貝賽拉菲克斯的所長權限也進不去。」

他好像若無其事地說出很不得了的情報……

我才剛這麼想，睡意立刻來襲。雖然還能忍耐，但時限似乎不長。

「兩位！前輩的眼睛又出現入夢的徵兆……」

「唉呀，看來題外話好像說太多了。不過實際上，薛靈漢先生和誰見面……這點已經很清楚了。所以你再忍一下，好好聽。」

既然他這麼說了，代表我還不能睡。如果能把這些情報帶回去，照理說應該能在那邊派上用場。

「和薛靈漢先生見面的人很清楚……這到底是什麼意思？」

「就是字面上的意思。既然沒有人是左撇子，就能推導出薛靈漢會晤對象的真面目。」

「不過，只要有心，要偽裝慣用手也不是不行……」

「初次見面姑且不論，慣用手這種東西可瞞不住長期相處的人喔。這回的登場人物除了薛靈漢之外，全都屬於特定的群體，而且曾經共同用餐對吧？如果左撇子偽裝成慣用右手，必然會有人指出這一點。既然沒有，就可以推論出沒有左撇子。」

莫里亞蒂露出壞心的笑容插嘴。

「抱歉做些吹毛求疵的事，不過這樣沒辦法連某人隱瞞自己左右開弓的可能性也否定掉吧？」

但是，福爾摩斯不為所動。

「一樣的，教授。隱瞞左右開弓代表右手也能正常使用。照克里斯的說法，薛靈漢是為了對方而要求左撇子用的茶杯，但是需要為一個能正常使用右手的人考慮這種事嗎？如果有得反駁我洗耳恭聽。」

「唔。我原本是要挑毛病，卻補強了你的推理啊。不過呢，我的看法也一樣。說下去吧。」

「嗯。這個嘛，如果要吹毛求疵……利佳就是薛靈漢會晤對象的可能性也不是沒有……」

「前輩是犯人？」

儘管睡意重得連開口都很困難，但這點好歹還是要否定。

「怎麼可能！他早就睡著了！」

也多虧了這幾句話，我稍微清醒了點。福爾摩斯很愉快地看著我。

「哈哈哈。被你這麼拚命地否定，我也很頭痛啊。放心，這種可能性非常低。那具身體原來的主人姑且不論，從你的報告聽來，沒有那種時間。」

「那麼，會是有完全的第三者存在……還沒現身的登場人物X躲在某處嗎？」

瑪修不安地詢問。想必是在擔心我吧。

「不需要想太多。這時該用奧坎的剃刀。想得單純一點。不是有個需要特別使用左手的人物嗎……那個慣用手右手在痛的男人。」

啊……對了！

「莫理斯先生！」

瑪修代我說出腦中浮現的那個名字。真是個可愛的後輩。

「想來薛靈漢是看到莫理斯右手在痛，因此替他著想，才會要求左撇子用的茶杯。」

「可是，為什麼薛靈漢先生要對克里斯先生隱瞞自己和莫理斯先生私下見面的事呢？」

「並不是因為不想讓克里斯知道自己和誰見面才沒說。正好相反。薛靈漢是不想告訴莫理斯誰送茶來。畢竟克里斯是讓他受傷的人嘛。光是聽到克里斯的聲音就可能讓他生氣。假如對方過度緊繃，本來問得出的情報也會問不到。嗯，身為偵探，這是理所當然的做法。」

這麼一說好像真是這樣。乾脆福爾摩斯過去那邊還比較快。

「但是，莫理斯先生沒說自己和薛靈漢先生見面的事對吧……」

「從先前聽到的部分，可以明白莫理斯個性多疑，而且衝動。一旦知道自己見過面的對象身亡，莫理斯想必會隱瞞。說出來只會讓人懷疑。畢竟莫理斯應該也有自覺，他是個『容易遭到批判』的人。」

唔，差不多到極限了……

「感覺好想睡……」

「前輩!?」

儘管眼皮已經完全闔上，手臂卻感受得到瑪修手上的溫暖。

「唉呀，到此為止了嗎？不過最低限度的說明做到了。希望你記住方才提到的那些，面對『那邊』的事件。你是那個『某人』的乘客。即使你自己無法做出決定性的行動，依舊能夠觀察。別忘記這一點。」

「蒐集情報乃是偵探的基礎，對吧！」

而在失去意識的前一刻，耳邊傳來溫柔的吐息。

「前輩……雖然你應該已經在夢中了，不過請打起精神！」

恢復意識後，我發現自己倒在走廊邊緣。

這裡我有印象……對了，離我被茱麗葉推開的地點不遠。大概失去意識後很快就醒了吧。

我一起身，人在附近的霍桑和茱麗葉立刻跑來。兩人都露出鬆口氣的表情。

「啊，太好了。真沒想到你會被茱麗葉一推就昏過去。」

「對不起，利佳。我居然做出和凱恩一樣的事……」

「喔，不用我出場了呢。」

說這句話的是克里斯。聽起來，他們似乎正要把我搬回房間的床上。

「嗯，抱歉突然把你叫來。」

「為了保險起見，要不要讓我帶你回房間？」

我連忙搖頭。用背的也好、用公主抱也罷，在還有意識的情況下，我不想被人家這麼做。

「不需要客氣喔，畢竟我就是為此才出現在這裡。來吧，請別在意。」

這樣下去會被帶回房間……不，在這之前得先告訴他們莫理斯的事才行。

但是我不能開口。一番苦思後，我想照現在這樣只能用肢體語言，所以先比個手勢和他們要紙筆。但是三人都呆呆地看著我。

哪能因為一兩次沒成功就放棄。

我果敢地一再挑戰。不過，最後茱麗葉終於忍不住笑了出來。

「呵呵，你是怎樣，要逗我笑嗎？」

「利佳同學，你該不會是想到什麼了？喔，所以才想要紙筆……」

我在快哭出來的同時，也用力向伸出援手的霍桑點頭。

「原來如此，或許就是莫理斯呢。」

透過紙筆與肢體語言的說明，總算把福爾摩斯的推理告訴他們。在旁觀者眼中或許很可笑，但是我別無選擇。

「確實，莫理斯小弟的右手似乎在痛。搞不好是逞強不肯讓人包紮而惡化。」

「都怪我沒有控制好力道……」

克里斯顯得很痛心。不知道是因為讓莫理斯受傷而後悔，還是為自己的技巧不夠成熟而嘆氣……

「不，算是因禍得福吧？也因此讓我們得知對方是莫理斯。」

「欸，克里斯，這麼說來，你有看到莫理斯嗎？」

「哇！」

伍突然出現。不過因為他冒出來時沒有腳步聲也沒有氣息，所以嚇到茱麗葉。

「唉呀，失禮了。所以克里斯，怎樣？」

「不……其實我們也正想找他。」

「這樣啊。我已經在屋子裡找了好久耶……」

這回換成安出現了。大概是察覺兩個部下面面相覷不知所措吧。

「你們兩個怎麼啦？」

「大姊頭，其實是如此這般……」

聽完伍的說明，安點點頭。

「這樣啊……也有可能因為時間差和莫理斯擦身而過。屋內就由我負責，麻煩你們到外面找。」

「了解！」

伍和克里斯齊聲回答，隨即往正門走去。茱麗葉連忙跟上，並且這麼說道：

「我們也去幫忙。走吧，利佳。」

跟著伍他們走之後，抵達了……一處和森林沒兩樣的場所。我先前完全沒注意到，虛月館後頭有片鬱鬱蔥蔥的地方。

「……一段時間沒整理了，有點像叢林呢。」

茂密到這種地步可不是用「有點」就能交代過去。就算突然冒出一兩個豹人也不足為奇。

「該說是『綠色的黑暗』嗎？很適合藏身呢。」

「不，這就難說了……」

只見樹叢一晃，野獸們隨即奔出。一看，原來是野生狼群。牠們發出低吼威嚇我們，同時緩緩形成包圍圈。

「因為鄰近一帶躲著這種傢伙喔。把牠們趕走吧，克里斯。」

「是！」

接下來伍和克里斯打得十分精采。迦勒底雖然也有不少武術家從者，但是兩人的體術絕對不輸那些英靈。他們在保護兩個非戰鬥人員的同時，也確實地削減狼群戰力。

「喝——！」

被克里斯一腳掃倒的狼，背部重重撞在地上。儘管牠立刻起身重整態勢，卻看得出牠已經開始害怕克里斯。

「好厲害……居然把狼當成小狗應付。」

「狼這種動物獵了也不好吃。適當地驅趕一下就好囉。」

說著，伍一腳踢出去，精準地停在狼的面前。我原本還以為他會狠狠踹下去，控制得真是巧妙。

「下次我可就要踹爛你的鼻子啦。」

儘管不可能聽懂伍說什麼，失去戰意的狼群卻照字面夾著尾巴逃跑了。能夠感受到敵我實力差距，一碰上強者就逃跑，大概也是存活必備技能吧。

「這裡收拾完了。」

「我這邊也搞定啦。不過，最重要的少爺還沒出現呢。」

兩人翻了好一陣子的草木尋找莫理斯。但是沒有收穫，最後只得放棄。

「出現的都是野生動物……看來似乎不在這裡呢。」

「雖然這裡是個很適合藏身的地方。不過我這種水準的專家也就罷了，生長在都會的小少爺沒辦法躲進這種地方啦。到頭來只會被狼或其他野獸啃到剩下骨頭。」

「喂！不要嚇人啦！」

茱麗葉縮起身子。大概是在想像人成為野獸飼料的樣子吧。

「放心吧，茱麗葉小姐。目前也沒看見類似的痕跡。」

「如果不在這裡，就剩下海了……唉，不可能吧。一來海流速度很快，二來這種距離外行人也游不回本土。白費力氣。回去吧。」

伍的見解多半沒錯。在大家都認同的情況下，我們決定回去。

搜索者們消失後，一個人影從草叢裡鑽出。

「……走了嗎？」

男子自言自語。反正這裡只有野狼聽得到，應該沒關係吧。

「不過，能注意到這裡實在不簡單。那個叫伍的男人，似乎就很多層面來說都是高手。」

男子說完，隨即往伍他們離去的反方向撥草前進，就這麼消失在綠意之中。

迎接搜索隊回屋的是哈麗葉。

「唉呀，歡迎回來，茱麗葉。結果如何？」

「沒有收穫。連疑似的痕跡都沒找到。」

「雖然算不上什麼大事，但妳的頭髮沾到葉子囉。待會兒去洗個澡吧。」

「咦，是嗎？」

聽到哈麗葉這麼說，讓茱麗葉注意起自己的頭髮，不過玻璃杯敲在桌上的噪音打斷了她。仔細一看，一副醉樣的阿倫正盯著我們。

「喂，還沒找到莫理斯嗎！」

儘管這句話應該主要是對瑪布爾商會的人說，不過身為方才參與搜索的人，聽了實在不太舒服。

「親愛的，你喝太多了……」

多蘿西擔心地將手放到阿倫手臂上。

「閉嘴。這怎麼能不喝啊。莫理斯居然失蹤……」

大概是兩個思考該怎麼安撫阿倫的部下讓她看不下去吧，安從旁插嘴。

「我們必須優先保護各位的安全，能分去搜索莫理斯少爺的人力也有限。」

「還有什麼比莫理斯的命更重要嗎！他可是我的繼承人啊！」

阿倫在咆哮的同時，打算再倒一杯酒。勞瑞拉住他的袖子。

「欸欸，爸爸。為什麼哥哥不見了？」

「勞瑞，安靜一點！」

多蘿西連忙抱住勞瑞，將女兒拉離阿倫。她大概是認為，儘管阿倫沒有對勞瑞動手，刺激阿倫還是不妙。

但是堵不住勞瑞的嘴。

「該不會是因為他殺了偵探先生？」

瞬間，場面一片緊繃。阿倫放下杯子，盯著勞瑞的臉。

「勞瑞，不可以說這種話。」

多蘿西以安撫語氣責備女兒，但是勞瑞不滿地鼓起臉。

「可是我看到了嘛！昨天晚上，哥哥從偵探先生的房間走出來。」

「勞瑞，這是在說謊吧？妳當時和我一起睡覺吧？」

這話聽起來，與其說是詢問勞瑞，不如說是向在場的人宣告自己沒做虧心事。不過母親的心情似乎沒辦法傳達給勞瑞。

「我晚上醒來，偷偷溜出房間。就在那時候看到的。沒有說謊喔。」

堅持到這種地步，即使是童言童語聽起來也像真實。就連先前都還體恤阿倫的亞當斯卡也露出疑惑眼神。

「你、你們相信這種小孩的胡說八道嗎？」

「阿倫先生，我們也不想相信。雖然不想，但你不覺得正因為是遠離利害得失的小孩子，才會說出真相嗎？」

「就算是這樣，也不代表莫理斯殺了薛靈漢先生！」

阿倫拍桌大吼。

「親愛的，冷靜一點。」

聽到妻子這句話後火氣稍微消退的阿倫搖搖頭，似乎為自己的醜態感到丟臉。

「……看來我還是不夠冷靜。讓各位見笑了。」

「哪裡，是我冒犯了。」

「還沒確定莫理斯就是殺人凶手。不過，莫理斯很有可能就此下落不明。這麼一來，戈爾迪家的將來堪慮，更重要的是這次婚事也會告吹。」

「以我們的立場來說，也想盡量避免這種事……」

「所以，我在此坦承一個祕密吧。這件事連我的妻子多蘿西也不知道。」

多蘿西一雙大眼睜得更大了。這種反應實在不像演技。

「親愛的，你說什麼？」

「如果可以，我本來想把這件事藏在心裡一輩子……站在那邊的克里斯，其實是我的親生兒子。」

「咦？」

「阿倫先生!?」

多蘿西和克里斯同時大為震驚。

「克里斯……從這個反應看來，商會似乎瞞著你呢。」

安默默地看著克里斯。看來她似乎知道什麼內情，但是無意說出口。

「當時我年輕氣盛。結婚後雖然多少老實了點，依舊會和特別有感覺的女性共度春宵。因此誕生的就是你，克里斯。不過，當時我已經和前一任妻子結婚，莫理斯也出生了。就我的立場，不能迎接你進門。所以才將你託付給瑪布爾商會。當然，還包括了足以支付養育費用的謝禮。」

「……原來是這樣啊。」

克里斯長年以來，大概都認為自己無依無靠。他迷惘地看著突然出現的父親。

「對我來說，莫理斯是可愛的長子。這種想法沒有變。但是我身為戈爾迪家的當家，為了家族存續什麼都肯做。」

「難不成……你要我們交出克里斯？」

伍毫不掩飾自己的不快，出言質疑。

「是啊，一點也不錯！薛靈漢先生死亡、莫理斯逃走，不都是因為瑪布爾商會的失態所致嗎？別說這種狀況與你們無關！」

「閣下所言甚是。幸好克里斯還是見習之身，即使離開，也不至於對商會造成傷害。」

「啊？」

安的回答似乎完全出乎伍的意料。

「就算是見習，訓練到這種程度也花了相當……話說大姊頭，妳不是也很疼愛克里斯……」

「別多嘴！」

聽到安一吼，伍雖然想反駁，也只能勉強吞回去。

「……啊～不能推翻是吧。我知道了啦。」

伍以冷淡語氣這麼說完，溫柔地拍拍克里斯的肩膀。

「這不是很好嗎，克里斯。這下子你將來就是戈爾迪家的大老闆啦。」

但是克里斯一臉不安。突然被人家拿上檯面交易，論誰都來不及做好心理準備。

然而，阿倫無視克里斯的心情，打算讓話題繼續下去。

「當然，我們會補償克里斯離開所造成的損失。因為我希望今後還是能和瑪布爾商會維持良好關係。」

「了解。那麼從這一刻起，克里斯就從我們商會……」

「請等一下，安小姐！」

這一聲已經接近吶喊。

「我明白自己沒立場說這種話，但是請至少讓我完成當前的任務。這是我克里斯最後一次為商會效勞。」

安望著克里斯好一會兒，最後死心似地這麼說。

「好吧。那麼在離開這座島之前，我依然會將你當成瑪布爾商會的人對待。」

聽到安的宣告，克里斯露出鬆口氣的表情。不過相對地，阿倫滿臉苦澀。

「已經公開宣稱是我繼承人的克里斯，居然像個傭人一樣幹活……」

安冷冷地瞄了阿倫一眼。儘管沒開口，卻能明白她不會接受更多怨言。

「……不，算了。這樣似乎是要做個了斷。既然已經是最後，我就睜隻眼閉隻眼吧。」

「謝謝您。」

克里斯對安深深低下頭。

「還有……多年來承蒙照顧了。安小姐對我的恩情，我一輩子都不會忘記。」

但是安什麼都沒說，只是看著克里斯。要放棄一個長年疼愛的部下，她此時的心境我只能用想像的，不過應該會感覺到一抹寂寥吧。

「慢著。克里斯小弟進入戈爾迪家，換句話說……」

霍桑突然出聲。

「嗯，茱麗葉小姐的訂婚對象換成克里斯。這麼一來就能達成我們的目的。」

阿倫似乎已經恢復冷靜。不過，茱麗葉似乎因為事出突然而愕然無語。

「咦……」

「有什麼好迷惘的？這不是很好嗎？老實地為這件事高興啦。」

夏娃笑著鼓勵茱麗葉。克里斯本人也走來對茱麗葉鞠躬問候。

「茱麗葉小姐，雖然我應該還有不周到的地方，不過請多多指教。」

「啊……嗯。也對。」

但是茱麗葉欲言又止。

「克里斯啊，你把自己看得太卑下了。已經不用再看別人臉色囉？畢竟從今以後你就要繼承戈爾迪家……不，還要一併繼承維奧萊特家啊！哈哈哈哈！」

明明是件喜事，阿倫的大笑卻令人覺得非常刺耳。

大概是婚事談妥的關係，這天晚餐比昨晚更豪華。

「材料好、廚師的手藝也佳。問題就在於太美味。嗯，好像吃太多了，得吞點胃藥才行。」

說著，霍桑掏起口袋。

「唉……」

「居然嘆氣……妳要不要也來點胃藥？」

「不用，我不是胃痛。」

儘管茱麗葉回應冷淡，霍桑卻心領神會似地這麼說道。

「啊，在想克里斯的事嗎？不過他是個好對象吧？是不是啊，利佳同學。」

我沒多想就點點頭，隨即看向茱麗葉，但是她的表情愈來愈難看。

「……怎樣？」

我能肯定自己踩到了茱麗葉心中的地雷。不，雖然設計我的人是霍桑……

「從剛剛開始大家就一直在笑……一群笨蛋。」

茱麗葉撂下這句話後突然加快腳步。多半是在暗示「別跟過來」吧。

「茱麗葉，妳要去哪裡呀？」

「自己的房間。那麼，晚安！」

茱麗葉說完就快步離去。

「唉呀呀，少女心真難懂啊。」

不，剛剛顯然是你的錯。

「嗯，我明白你想說什麼。確實該怪我。我這就去道歉。即使隔著門也該說，畢竟這種事愈快愈好。」

於是霍桑追在茱麗葉身後離去。

該回自己房間嗎……我希望今天早點睡，趕快回迦勒底一趟。

想到這裡，我便朝自己房間移動，卻發現哈麗葉在稍遠處看著我。

「唉呀，利佳同學。」

人家已經出聲喊我，看來不能無視了。倒不如說，無視人家也會讓茱麗葉的分數下降。

不知道該如何面對哈麗葉的我，決定先走到她面前。

「呵呵，剛剛的我聽到囉？那樣以男友來說不及格呢。」

我連忙搖頭。哈麗葉似乎有了天大的誤會。

「不用那麼拚命否認嘛。茱麗葉會傷心喔。更何況，這和你怎麼想無關。要看茱麗葉的心意。」

我不知該作何反應，總之試著先點頭。

「這個嘛，克里斯應該能當個好老公，茱麗葉也明白。不過呢，事情沒這麼單純啊……嗯，你或許就是這點觸怒了茱麗葉。」

被招待到虛月館以來，我一直試圖和茱麗葉保持純粹朋友的距離。不過，如果這樣並非她的本意……再考慮到方才發生的事，或許我犯了不少錯。

「你知道嗎？那孩子幾乎沒朋友。應該說，她的朋友已經只剩下你了。」

我驚訝地瞪大了眼睛。茱麗葉這樣的美女居然沒有其他朋友，實在難以想像。

「你應該也有印象吧。在大學是不是曾經有一群奇怪的傢伙恐嚇你？『雖然是名門，不過維奧萊特家族有很多不好的傳聞。和那種家族的女孩子待在一起，會毀掉你的將來喔』這種話。唉，雖然那多半是戈爾迪家幹的，他們還真愛做些無謂的事。」

竟有此事。不過遭到莫理斯那種粗暴沒品的傢伙威脅，一般人應該都會和茱麗葉保持距離吧。

「嗯，我不會說那些不好聽的傳聞全都是假的。因為執掌一個地區就是這樣。我們現在的生活，是建立於許多人的血淚……還有一些屍體上。對於我們來說，這很普通而且理所當然，但是對茱麗葉的朋友來說似乎不是這樣。因為家裡有錢又長得漂亮而接近她的人，全都逃開了。當然，茱麗葉明白家裡的狀況，所以就算那些過去當成朋友的人遠離，她也都忍住了。但是忍得住和不在乎不一樣對吧？這些事把那孩子傷得很重。她甚至會一個人偷偷地哭。不過也正因為如此……沒被惡整趕跑的你，成了她的救贖。」

這麼一看，利佳・弗吉瑪爾要不是個怪胎，就是膽大包天。

「就這個層面來看，你對茱麗葉是特別的存在。如果不嫌棄，希望你今後繼續待在她身邊。」

我曖昧地點點頭。儘管利佳應該會這麼做，我卻不知道自己能不能代言利佳的心意。

「那麼，晚安了。出色的男友先生。」

告別哈麗葉之後，我在沒遇到其他人的情況下回到房間裡，立刻鑽進被窩。

宅邸中一個幽暗的房間，某人抱膝而坐。

（小孩子真好……就算玩耍也不會惹人家生氣。）

那個躲在暗處的人這麼想。

（最棒的是……沒有人會提防。）

突然，敲門聲響起。此人準備迎接訪客。

（有人來了……）

突然，燈火亮起。接著多蘿西傻眼地喊道。

「唉呀，勞瑞。我還在想妳怎麼又溜下床了，居然躲在這種黑漆漆的房間……

連凱恩也在！」

在房間角落抱膝而坐的勞瑞和凱恩面面相覷。

「啊，是媽媽。被找到了耶，大哥哥。」

「被找到啦～」

勞瑞立刻起身奔向多蘿西，多蘿西摟住要討好她的勞瑞。

「真是的，一醒來沒看見妳讓我好擔心。要玩捉迷藏就和媽媽說一聲呀。」

「可是，媽媽妳總是要人家馬上睡覺。人家明明還想玩。」

「既然被找到，遊戲就結束囉～？接下來等明天～」

凱恩就這樣配合著勞瑞，多蘿西溫柔地看著他。

「……謝謝你，凱恩。因為莫理斯都不肯陪她玩。勞瑞也覺得有了個新哥哥，很黏你呢。」

「嗚呵呵呵。如果我這種人當得了哥哥就好囉～在我們家（維奧萊特）啊，茱麗葉和哈麗葉都愛裝成熟，或者說……妳懂吧？」

多蘿西並不討厭這個少年。

「也對。好啦，已經到說晚安的時間囉。回床上吧。」

「好～」

「那我也回房間睡覺囉～關燈、關燈～」

走出關上燈的房間後，那個人暗自這麼想。

（當小孩子果然好，誰都不會懷疑。）

「茱麗葉小姐居然和克里斯先生湊成一對！」

回到迦勒底解釋一連串發生的事之後，瑪修的眼睛閃閃發亮。

「原本要和沒品男人結婚的女主角，突然轉為和無懈可擊的王子殿下結合……

嗯，雖然是喜劇收場，不過以故事來說卻感覺少了點曲折呢。」

如上，福爾摩斯像個評論家一樣發表意見。

「我倒覺得是個非常棒的發展……我完全支持茱麗葉小姐！」

說到這裡，瑪修露出難過的表情。看來是想到茱麗葉的處境了。

「不過……現在的狀況不適合說這種話對吧……遇害的薛靈漢先生，以及下落不明的莫理斯先生……」

「就目前來說，討論莫理斯的行蹤也沒用。現在有更重要的話題。」

「戈爾迪家出現新繼承人對吧。而且從恐嚇者的角度看，他或許會成為下一個目標。」

莫里亞蒂插嘴。瑪修露出可說是悲痛的表情。

「啊……克里斯先生也會有性命危險嗎？」

福爾摩斯回答了瑪修的疑問。

「如果恐嚇者目的在於阻止兩家拉近關係，那麼恐嚇者與莫理斯失蹤一事有關的可能性很高。不過，這麼一來克里斯的存在等於完全出乎恐嚇者意料。他或許會再度下手。」

「又是意料之外，是吧？不請自來的偵探，突然公開的私生子，真是個運氣不好的犯人啊。好不容易排除了戈爾迪家的下任當家，卻冒出新的預備當家。」

「特別是要下手的話，夜晚是絕佳機會。如果恐嚇者是認真的，想必不會錯過這個機會。就看盯上的是克里斯，還是茱麗葉了。」

茱麗葉會被殺？必須立刻去那邊阻止才行！

就算事件能夠解決，失去的性命也回不來。

沒有茱麗葉的世界還有什麼價值？利佳．弗吉瑪爾一定這麼認為。

一想到這裡，我突然有種想趕回虛月館的衝動。可是先前睡了太久，我現在沒辦法馬上入睡。

不得已，我放棄靠睡眠讓自己失去意識，用頭撞附近的牆壁。只要昏過去，應該就能立刻前往另一邊。

「前輩，這樣很危險！」

「冷靜下來。就算你在這裡昏過去，也不見得會早點清醒。」

就在我撞了兩、三下時，福爾摩斯說出正論。不過確實沒錯。既然如此，在這種地方受傷也沒意義。

「重點是，你該有所覺悟，無論碰上怎樣的慘劇都要能冷靜調查。唉，希望我只是杞人憂天……」

接下來一段時間，我毫無睡意地看著個人空間的天花板，然而在不知不覺間，我的意識又落入黑暗中了。

第三章　第三天

The Kogetsukan murders Day3

從窗簾縫隙照進來的刺眼朝陽弄醒了我。心不甘情不願地睜開眼睛後，按照慣例又是在虛月館的自己房間。

我原本想拉好窗簾睡回籠覺，不過很快就想起真正的目的，於是從床上彈起。好不容易換完衣服後，我便離開臥室前往茱麗葉的房間。

茱麗葉，拜託妳千萬別出事……

茱麗葉的房間理所當然地鎖著。除非發生密室殺人，否則應該能看成茱麗葉平安無事。

不，在親眼確認之前，絕對不能睡。

想著這些的我不厭其煩地敲門，過了五分鐘，茱麗葉總算出現。

「喂。一大清早幹什麼呀？我本來睡得很舒服耶……」

茱麗葉臉上沒化半點妝。而且她看起來還半夢半醒的，應該是真的到剛才都還在睡吧。

「總而言之，快點進來。我不想讓克里斯和伍先生他們看見沒化妝的樣子……話說回來，你好歹也先洗個臉再過來啦。」

茱麗葉嘴裡這麼說著，將我拉進房裡。

接下來我大約花了三十分鐘，勉強把從福爾摩斯和莫里亞蒂那裡得來的情報和推理告訴茱麗葉。茱麗葉邊化妝更衣邊聽我說話，最後她大概是吸收完畢了，總算開口。

「這樣啊，你認為有想要破壞這樁婚事的犯人。但是我覺得不可能。因為兩家如果不聯手，遲早會因為抗爭而同歸於盡，或者被外來勢力各個擊破……來到這裡的兩家成員應該都明白這點才對。畢竟就連那個莫理斯都肯接受。」

聽到茱麗葉再次強調這點後，感覺似乎真是這樣。

「至少我認為不會再發生命案。因為沒有理由嘛。」

看樣子睡個回籠覺或許還比較好。

「啊，不過要放心還有點早。至少得確認克里斯平安無事才行。走吧。」

不知不覺間，茱麗葉已經打扮好能走出房門了。

前往克里斯房間的途中，我們和伍擦身而過。現在才六點半，伍似乎正要去準備早餐。

「喔，兩位。這麼早要上哪兒去？」

「……有點事要去克里斯的房間。」

看來即使是茱麗葉，也說不出「克里斯或許會被殺」這種話。

「能夠讓這麼優秀的女性溫柔地叫醒，那傢伙真是幸福啊。」

說完，伍笑了出來。他看見我似乎沒有特別感到驚訝。

「既然如此，那剛好。我也想看看他的表情。本來想要他幫忙工作，但是不忍心在睡得正舒服時把他叫起來。畢竟，他很快就會變成我們重要的生意往來對象嘛。」

「既然如此，我們一起去叫他吧。」

於是，我和茱麗葉、伍，三人一起去叫克里斯。

最糟糕的情況下，克里斯可能才剛喪命，犯人還躲在室內，就這點來說，有伍同行求之不得。

一會兒後我們抵達克里斯房門前。

「記得是這個房間吧？克里斯，早安。你醒了嗎？」

茱麗葉邊呼喚邊敲門，但是沒有反應。

「克里斯是不是睡得很熟呀？」

「應該不會才對。而且他接受過訓練，一有可疑的聲音就會清醒。」

「這樣的話為什麼……」

茱麗葉說著便轉動門把。我們並不指望沒上鎖，但是門把毫無抵抗地轉動了。

「咦，門沒有鎖？」

門隨著鉸鍊的聲響開啟。不過就和薛靈漢那時一樣，克里斯倒在接近房間中央的位置。

「咦，克里斯……怎麼會……騙人的吧？」

遭受衝擊的茱麗葉駐足不前，伍瞄了她一眼，進房確認倒地的克里斯狀況。

「……不行。已經完全斷氣。身體也很冰冷，大概在凌晨十二點左右死的吧？但是我一個人做到這個地步就是極限了。」

伍既沒有生氣也沒有悲傷，只是淡淡地這麼說完，就去找霍桑了。

「醫生，情況如何？」

伍詢問剛確認完克里斯屍體的霍桑。

「我大致驗完屍了。雖然沒看見比較大的外傷，卻找到三處小傷口。你們看看右手的手背。」

霍桑說著就亮出克里斯的手背，有幾個小到沒人講就會漏看的紅點。

「這是針狀物造成的刺傷。假如使用烏頭之類的毒物，輕輕一刺就能讓身體動彈不得。手背上還有另一個紅點，大概是在他身體無法動彈時為了保險多刺的吧。雖然目前還無法確定是哪種毒物，不過只要刺兩回就能致死，代表毒性相當強呢。」

「我只看見兩個傷口耶？」

茱麗葉說出疑問。不過大概是克里斯身亡造成的影響還在，聲音聽起來沒什麼力氣。

「嗯，第三個似乎和死因沒有直接關係。你們看看克里斯左手食指的指尖。」

聽他這麼一說，我和茱麗葉一起觀察那根手指。

「有流血……受傷了？這也是犯人做的？」

「不，看來是自己咬破的。而且他還用血在地板上留言。」

確實，就在伸出的左手附近，寫著看似文字的東西。剛剛大概是因為克里斯的死亡太過衝擊，所以我們只注意到遺體。

「這是……『mor』嗎？」

「意義姑且不管，我看起來也是這樣。」

「在法語中 mort 是『死亡』……不，臨死前寫這種東西也沒用吧。」

我無意間看向一直保持沉默的伍，發現他眼裡閃著危險的光芒。

「mor……不會吧。」

「伍先生？」

聽到伍突然開口，茱麗葉訝異地問。

「……沒什麼。自言自語而已。」

但是伍沒把話說清楚。

「但是克里斯也算不上外行人。若是處於戰鬥態勢，應該不會這麼輕易被擺平才對。」

「前提是處於戰鬥態勢，對吧。但假如對方友善地伸手相握怎麼辦？只要把握在手裡的針刺進去就能搞定。」

正如霍桑所言，現場沒有爭執的痕跡。他多半是遭到偷襲而喪命。

「那個，伍先生。問這種問題或許很失禮……」

茱麗葉畏畏縮縮地問。

「什麼事？別客氣儘管問。」

「能讓克里斯鬆懈，又能這麼乾淨俐落地殺掉克里斯，首先就會想到你……」

不得了的問題。一想到如果猜中會怎麼樣，就讓人怕得不敢問。

但是伍哈哈大笑。

「原來如此。不是我啦。不然，我讓你們看看這招吧。」

話還沒說完，伍的身影就從我眼前消失。我不禁環顧周圍，發現伍若無其事地靠著背後的牆壁。

不管怎麼想，我都覺得不用超越物理法則的速度移動就做不到。

「唉呀，原理先不管，如果拿不出這種速度，就沒辦法顧到每一位來這裡的賓客啦。」

「這不就表示什麼都做得到嗎！」

「是啊，什麼都做得到。在客人面前講這種話可能不太好，不過如果我有那個意思，要一瞬間殺光屋裡的人也做得到喔。」

「咿！」

霍桑輕輕慘叫一聲往後退。不過當事人伍一副很遺憾的表情。

「啊，拜託別被嚇到啦。我早就金盆洗手不殺人了。不過嘛，有句話我得先說清楚。我可沒殺克里斯。如果要殺會用別的方法，讓他連寫這種訊息的時間都沒有。」

真要說起來，說希望我們調查的也是伍。

「也對……我相信伍先生。」

伍深深低下頭。不過，他抬起頭時，眼睛盯著克里斯屍體上的某一處。似乎是低下頭時看見了什麼。

「……喔？克里斯還留了另一個訊息。你們看這個。」

伍從克里斯身體底下拉出一個銀懷錶，看起來已經有些年月了。

「好像很舊耶。」

「嗯，那是大姊頭給他的。克里斯很寶貝這玩意兒，每天都會打理。」

「不過上頭指著十一點二十五分呢。玻璃也破了，是壞掉了嗎？」

「從平日愛惜的程度看來，不太可能剛好在這種時候壞掉。真要說起來，這個時計做得相當牢靠，所以多半是克里斯刻意弄壞的吧。」

伍之所以有那麼一瞬間皺起眉頭，大概是因為考慮到不得不親手破壞寶貝懷錶的克里斯當時有何感想吧。

「該不會，他是為了傳達自己何時與犯人見面才弄壞的？」

「就是這樣，小姐，應該不會錯。」

「換句話說，晚上十一點二十五分的不久之前，克里斯在這個房間和犯人見面？」

「多半是。何況如果是在別處下手後才搬過來，昨晚我就會注意到。」

看來在調查這樁命案時，每個人的不在場證明變得很重要。

「不在場證明嗎……昨晚有人在玩撲克，或許能把範圍縮小不少呢。」

「姑且也和你們說一聲，當時我和阿倫先生、亞當斯卡以及安小姐在打牌喔。應該是從晚上十點過後打到凌晨三點吧。中間雖然有稍微休息，但是沒人長時間離開過。」

「這場較量真是精采呢。我也看到凌晨十二點，大姊頭難得這麼熱中。」

既然能互相擔保對方的不在場證明，應該可以看成都無法擅自行動。

「若是那個時間，記得……我是在自己的房間，和妹妹待在一起。這是親人的證言，會不會無法信任？」

「不，我相信。不是因為妳之前相信我，而是因為我不覺得妳在說謊。」

如果相信茱麗葉的證言，那麼應該能先把哈麗葉排除在外吧？這麼一來，詢問哈麗葉大概也會得到同樣的答覆。

「對了，這麼說來利佳也有這個時段的不在場證明，對吧。你很早就上床睡覺了嘛。」

我不由得抱住自己的雙肩。該不會被偷窺了吧？

「你慌什麼啊。因為大家是在你房間隔壁打牌啊。日常生活的聲響，就算不刻意去聽也會傳進耳裡喔？」

日常生活的聲響……翻身倒還好，如果是打呼或磨牙可就丟臉了。呃，不過現在應該安心吧。

「算啦，不在場證明的事就交給擔任偵探的利佳。真要說起來，我根本就不擅長思考什麼不在場證明的。」

「咦？」

看見茱麗葉這種反應，伍第一次露出難過的表情。

「雖然我剛才說自己什麼都做得到，不過那是騙人的。這種解謎我就不行。我明明能做到這麼多，卻什麼事都沒辦法為克里斯做……拜託你啦，利佳。請你想辦法為他報仇雪恨。」

人家都這麼說了，我不是只能好好加油了嗎？

「……啊，現在不是廢話的時候，必須召集大家說明這件事才行。到會客室集合吧。」

「……就是這樣，我們到克里斯房間時已經太遲了。」

「怎麼會，克里斯他……」

聽到茱麗葉的說明，夏娃摀住了臉。儘管她看來是為克里斯的死感到難過，不過目前她算是可能性相對高的嫌疑人。

由於茱麗葉和哈麗葉這對姊妹與打牌組的不在場證明成立，所以有嫌疑的人其實沒剩幾個。

雖然想在他們製造像樣的假不在場證明之前確認……

「話說回來，好像沒看見安耶？」

「大姊頭將克里斯搬去地下的停屍間了。她說這件事想自己來。」

阿倫深深嘆口氣。

「這樣啊……那麼克里斯身亡是真的了。戈爾迪家的新當家明明才剛決定……時機真糟。」

阿倫說著，看向多蘿西。

「那是什麼眼神……親愛的，你懷疑我？我、我當時在哄勞瑞睡覺。是真的，相信我！」

如果這是真的，那麼多蘿西和勞瑞的不在場證明也成立。這下子，嫌疑人的範圍就縮小了。還需要確認的只剩夏娃和凱恩……

不過，這麼單純的消去法，真的能找出真相嗎？

「夫人，請冷靜一點。話說回來，克里斯那傢伙臨死前留下了『mor』這個訊息呢。儘管顯然沒寫完，不過這應該能成為找出犯人的線索吧？這麼說來，這次關係人士裡，好像有一位名字開頭是mor的對吧？」

哈麗葉露出驚訝的表情，說出浮現眾人腦中的那個名字。

「mor……難道是morris（莫理斯）!?」

「這個嘛，也沒有別人了吧。」

大家的目光自然轉向莫理斯的父親阿倫。

「……換言之是什麼意思呀？你想說克里斯是被莫理斯殺害的？」

「這頂多是可能性。或許他還躲在外面也說不定。」

「哈哈哈哈哈哈哈哈哈哈！」

阿倫突然大笑起來，而且還是會讓聽者不安的狂笑。

「呃，是不是惹您生氣啦？」

「不不不，這是好消息啊。」

阿倫突然停止大笑，帶著滿面笑容回答。但是，他的行動和回答完全無法讓人理解，反而顯得恐怖。

「只要莫理斯還活著，我們戈爾迪家就穩了。你在哪裡聽著嗎，莫理斯？如果你肯露面，我會安排最優秀的律師喔。」

多蘿西擔心地看著阿倫。阿倫已經走投無路，這點誰都看得出來。

「無論如何，接下來為了不出差錯，一切由我們瑪布爾商會安排。當然，我們不會做出『把人關進房間』這種不通情理的行為，但如果各位愛惜生命，還請盡量遵照我們的指示。」

「那樣交代過後，客人應該不會外出才對。所以說，利佳，你就一個人在屋裡到處晃蒐集情報吧。」

解散後，伍趁著茱麗葉去補妝時找我談話。

但是……一個人？

這說法有點怪，於是我疑惑地歪頭，伍則像讀出我的心思一般，補充說明。

「對，我想如果茱麗葉待在旁邊，可能會有些話問不出來。唉呀，我會把她保護好，你放心地去吧。」

莫理斯生存說姑且不論，至少有詢問夏娃不在場證明的必要。這種時候，茱麗葉還是別在旁邊比較好。

既然已經決定，就該在茱麗葉回來之前去找人問話。

「慢走。」

我漫無頭緒地來到走廊，正好碰上穿著泳衣的夏娃。

但是，再怎麼說這種裝扮……在泳衣上頭連外套都不披當然是個問題，不過真要說起來，那件泳衣本身就太暴露了。

看見那種實在很不知羞恥的穿著讓我不知所措，此時夏娃主動向我搭話。

「唉呀，利佳。」

事到如今逃跑也會顯得很怪。我老實地對她點點頭。

「畢竟難得來到度假勝地，讓人有點想去海邊游泳。」

大概是注意到我的目光吧，她這麼解釋穿泳衣的原因。

「可是伍先生大概不會有什麼好臉色對吧。該怎麼辦才好呢……」

那當然囉。就算是伍，也沒辦法同時戒備虛月館和海岸。

不，重點是調查不在場證明。我自己或許猜不出來，但是我想盡量增加有助於福爾摩斯他們在迦勒底推理的材料。

我在隨身攜帶的筆談用紙上寫了「話說回來，伯母昨天晚上在做什麼啊？」詢問她。

「這問題真怪耶。媽媽很早就睡覺囉。應該是晚上十點或十一點……抱歉，我沒辦法連時間也精確地回想起來。」

這麼一來，代表夏娃在命案發生之前就睡了。不過，這個不在場證明是自述，所以沒有任何可信度。在得到佐證之前先保留。

「啊……這麼說來，我想到一個好主意。大家一起出海不就好了嗎？這樣子伍先生就能同時注意到所有人了。」

不過就算處於這種狀況，她似乎還是完全不認為自己有嫌疑。不知道是性格天真爛漫，還是刻意而為……我實在無法判斷。

「我這就去向伍先生提議。如果不嫌棄，利佳也來游泳吧。」

夏娃開心地這麼說完，便搖晃著豐滿的身軀離去。

我目送夏娃離開後，就這麼在屋內閒晃，卻意外撞見兩人的對話。

「……那麼亞當斯卡先生，拜託你了。」

「嗯，若是這個結果，我方也是求之不得。我才該拜託妳幫忙。」

「嗯，那麼晚點見。」

多蘿西這麼說完，帶著安心的表情離開。

我正在想該先問誰時，注意到我的亞當斯卡已經大步走近。

不得已，先試著探聽亞當斯卡這邊吧。

「是你啊。你和茱麗葉的感情似乎很好呢，今後也要拜託你關照囉。」

儘管身段柔軟，卻微妙地讓人感覺有敵意。然而一來我沒做什麼會讓亞當斯卡懷恨的事，二來和茱麗葉待在一起時也感受不到。難道說只有兩人時他才會顯露本性？

話雖如此，但是我很清楚，直接問這種事也不會有什麼好結果。不得已，我看著亞當斯卡。於是他露出狼狽的表情。

「……在你眼中，我大概是個拿女兒獻祭的丟臉父親吧。」

我以曖昧的表情緩緩搖頭。看見一個丟臉的父親是事實，但我還不至於沒常識到在當事者面前表示同意。

「不，這是毋庸置疑的事實。順帶一提，以一個當家來說我也很丟臉。我是個膽小鬼。」

這是亞當斯卡對自己的認知嗎？

「這樣下去，維奧萊特家顯然沒有未來。和戈爾迪家開戰會帶來很大的犧牲，即使迴避了戰爭，遲早也會被強大的外敵擊潰。所以和戈爾迪家聯手是唯一選擇。我原本是抱持這種想法才談聯姻的……」

不過或許就是因為膽小，才能敏銳地察覺時代的趨勢。

「說穿了，我是個家世以外毫無優點的人，一開始就不適合這個世界。當初我沒多想就答應和維奧萊特家相親，在安排下與太太見面，然後瞬間為她的美貌著迷。」

我回想起方才夏娃的模樣。現實中的夏娃長得如何只能想像，想來當年就是一位充滿魅力的美麗女性吧。

「於是我們很快就結婚了……我心想，若是為了她我什麼都做得到。這份心意就是我的原動力。儘管不適合我，我依舊努力了二十年喔。然而如今我是維奧萊特家的當家，處於不得不連孩子與部下也一併考慮進去的立場。太太也反對合併，但唯有這次我選擇強行促成婚事。你懂我的心情嗎，利佳同學!?」

亞當斯卡紅著眼抓住我的雙肩。不過，他馬上就注意到什麼似地放開了我。

「抱歉……我似乎誤會你了。」

接著他立刻鬆手。

「悄悄跟你說，其實我一開始就看莫理斯不順眼。克里斯也一樣。你覺得會有哪個父親將心愛的女兒交給別人還能露出發自心底的笑容嗎？」

啊，這就是敵意的真面目嗎？那我就懂了。以這點來說，沒有比利佳・弗吉瑪爾更無害的人。

「你倒是沒關係。茱麗葉和你待在一起時也顯得很快樂。如果你們能結合，不知道該有多好……」

這句話大概是真心誠意吧。不過，亞當斯卡的表情不知為何相當開朗。

「老實說，剛才我接受了多蘿西小姐的提議。只要阿倫先生點頭，事情就能圓滿收場……啊，和你說這種事也沒用。忘了它吧。不過，如果進展順利，就能讓茱麗葉擺脫束縛。你也幫忙祈禱事情能這樣發展吧。」

既然茱麗葉不會被迫心不甘情不願地結婚，當然再好不過，但合併一事如果告吹，兩家爆發抗爭也只是時間問題。真的有這種完美的主意嗎？

「那麼，我要去想一想說服阿倫先生的方法囉。茱麗葉就拜託你了，利佳。」

亞當斯卡露出溫和的微笑，快步離去。

多蘿西的提議究竟是什麼呢？

一想到這裡，就覺得凱恩的不在場證明已經無關緊要。然而不管想多久，我都想不出比較像樣的答案。

正當我左思右想時，卻在廚房附近碰上茱麗葉和伍。

「啊，回來了。你到底晃去哪裡啊……」

茱麗葉似乎在生氣，所以我立刻低下頭。看樣子伍似乎沒向茱麗葉說明我一個人去問話的事。

「雖然嘴上這麼說，不過她很擔心你喔？」

「不要多嘴啦！」

茱麗葉踢了伍的小腿一腳。不過大概是沒有看起來那麼用力吧，伍若無其事地應了聲「恕我失禮」。

「嘿嘿。啊，這麼說來，在夏娃小姐的提議下，吃完午飯之後大家要一起去海灘喔。」

不知道是夏娃說服成功，或者是伍有什麼盤算……無論如何，是個意料之外的發展。

「正因為碰上這種狀況，才需要放鬆一下對吧。不過，我們不游泳。」

就像在叮嚀我「別去游泳」一樣。實際上，因為不曉得會發生什麼事，所以我本來就沒打算下水。

「就算這樣，好歹也該做個日光浴才行啊。所以說，我就趕快弄午飯吧。」

我突然打了個很大的呵欠。不知是因為安心，還是因為睡眠不足。不過，我有種想在這時稍微睡一下和迦勒底分享情報的念頭。

「喔，你看來很想睡呢。沒關係，我會叫你起床。去那邊的沙發躺一下吧。」

「如果是那邊的沙發，從廚房也看得見嘛。應該沒關係吧？」

幸好他們都善解人意……

我欣然接受伍的提議，決定在此小睡一下。

醒來後，我立刻告訴三人克里斯遇害的事。

「怎麼會，連克里斯先生也……」

瑪修似乎是打從心底為從沒見過面的克里斯難過，然而另外兩人沒這種感覺。尤其是福爾摩斯，他依然面無表情地盯著天花板。

「那個，福爾摩斯？」

福爾摩斯看向我之後，緩緩點頭。

「……不，沒什麼。只是在想這個不在場證明究竟有多少意義而已。」

「別裝模作樣。老實講自己不懂就好啦？」

但是福爾摩斯沒回答，目光再度回到天花板。

「唉呀呀，情況一不利就閉口不語呀。話說回來，那個叫伍的男人，是中國血統嗎？」

「這麼說來，諾克斯十誡裡有一條『不能讓中國人登場』……和這次案件有什麼關係嗎？」

聽到瑪修的疑問，福爾摩斯似乎總算願意開口了。

「活在現代的你們大概無法想像……當時，有一部分人堅信東洋人會操縱不可思議的力量喔。」

「我雖然無從得知諾克斯大師真正的用意，不過簡單來說就是『藉由使用不可思議力量的可疑中國人把故事兜起來』這種手法很差勁所以別這麼做的意思對嗎？」

「就這一點來說可以信任伍，將他從嫌疑名單中剔除。因為什麼都允許的無趣案件，不會出現在我面前。」

實際上，如果伍真是犯人，誰都沒辦法處理。

「的確……如果推理作品變得什麼都允許，自己解開謎題的樂趣就少了。」
「啊，這麼說來我和中華街的傅滿洲先生也有不淺的緣分呢！」
為什麼在這種時候提這件事？
「抱歉，你那種和泰晤士河汙泥差不多髒的齷齪人脈能不能改天再炫耀？」
福爾摩斯冷冷地說道。但是莫里亞蒂不當一回事地笑了。
「話說回來，這次的重點應該還是在於死前留言吧。」
「你是指克里斯先生留下的『mor』這幾個字對吧？」
「嗯。判斷自己無從迴避死亡，於是利用僅剩的活動時間告發凶手。這點能夠理解。但因為留下的訊息是 mor 而斷言他打算寫 morris 就操之過急了。區區六個字母，有時卻舉足輕重。要在臨死前要寫完它，或許太長了。」
「咦……也對，如果是我，或許會寫能夠提示犯人身分的內容。該不會福爾摩斯先生已經明白這個訊息的意思了？」
「有個假設。不過現在說出口也沒用。」
我偷瞄莫里亞蒂，他還是一樣嘻嘻笑。
「因為沒自信嗎？還是說——你已經考慮到後來的發展啦？」

「要怎麼想請自便。我只是要避免『湊齊解決問題需要的資訊前就決定印象』這種愚行而已。畢竟我的工作是『解開謎題』嘛。我想盡可能將事實整理成事實。更何況，我的推理有多可靠，只要我自己知道就好。」

我原本以為莫里亞蒂會回一句「是嗎？」，卻發現他展露難得一見的笑容。要完全猜出他在想什麼或許做不到，不過能肯定他單純是在煽風點火。

「你們看，這人多惡劣。和身陷命案漩渦的虛月館眾人安危相比，他更在乎解開真相！以一個人來說，你其實比我還要邪惡吧？」

名偵探與犯罪王之間迸出火花。雖然在某些人眼裡是夢幻對決，不過現在的情況不容許我安心享受這場對決。

「那個……還有一件事令我很在意……多蘿西小姐向亞當斯卡先生提了什麼主意呢？」

福爾摩斯將目光從莫里亞蒂身上挪開，對瑪修笑了笑。

「啊，那倒不是什麼難解的謎。考慮一下多蘿西的微妙處境與她的情緒變化，就會立刻明白。雖然如果阿倫不聽就沒用了……」

一開始聽福爾摩斯說明，睡意便再度上湧。這回還真快。

「唉呀，看來時間到了。那麼我只說一句話。克里斯的死讓事件進入正題……別放鬆戒備。」

我將福爾摩斯的禮物牢牢記住，隨即放心地失去意識。

有股海風的氣味，而且感覺好熱……

我睜開眼睛，發現身在海灘。儘管待在遮陽傘下所以不會覺得光亮刺眼，氣溫卻高到很難睡回籠覺。

「唉呀，總算起來啦。早就過中午囉。」

大概是感覺到我醒來吧，臉朝下的茱麗葉和我四目相對。於是我總算注意到自己枕著茱麗葉的大腿，連忙翻身坐起。

我在這邊入睡時還不到上午十一點，大概睡了差不多兩三個小時吧。話又說回來，兩邊時間流逝的速度不同，感覺真詭異。

「看你睡得很舒服，所以沒叫你起來。不得已，就由我把你搬來海灘囉。」

伍竊笑。我很快就察覺他這樣的理由，臉上一熱。

不過伍沒有多說。可能因為利佳畢竟也是賓客吧。

「居然在這種地方呼呼大睡……還真大牌呢。」

「這麼說來，還有其他人吃飽了正在午睡。啊，雖然大家已經吃過午飯，不過那邊的野餐籃裡有三明治，不嫌棄就吃吧。」

我環顧周圍，看見阿倫與霍桑在遮陽傘下熟睡。哈麗葉也在附近，不過她是坐著看海。

「大家都想放鬆一下呢。倒不如說，真正想放鬆的應該是伍先生吧？」

茱麗葉如此調侃，不過伍認真地這麼回應。

「什麼放鬆，那叫方便起見。在沒有遮蔽物的空曠海邊比較容易監視。再加上天氣這麼熱，所以必然穿得少，即使身上藏有危險物品也能立刻發現。塗毒的暗器姑且不論。」

我順著伍的視線看去，身穿泳裝的夏娃和多蘿西就在海灘上。

「不過嘛，這麼多人換上泳裝倒是個令人高興的失算。這麼一來，我也能稍微輕鬆一點啦。」

「不過穿著還是該符合自己的年齡呢……真希望某人向醫生學學。」

嗯，茱麗葉究竟是在說誰呢？

正當我冒出這個念頭時，原本和海浪戲耍的夏娃看向這邊。

「好啦，茱麗葉也來。非常舒服喔？」

看見她滴著水揮手的模樣，令我覺得幸好這裡是私人海灘。如果在普通的海水浴場，事情可就嚴重了。

「我說啊，妳以為我們幾歲啦？早就過了會因為玩水而興奮的年紀啦。」

茱麗葉說完，夏娃就走向我們，一副打算繼續調侃人家的模樣。

「唉呀呀，居然說這種話。妳只是不好意思在利佳同學面前穿泳裝對吧？」

「妳很囉唆耶！走開啦！」

茱麗葉紅著臉趕跑夏娃，哈麗葉則是愉快地看著這一幕。

「特地將肌膚暴露在太陽下倒是不怎麼可取就是了。我就在遮陽傘底下悠閒地午睡囉。」

「在可能有性命危險的情況下還午睡？」

「放心，有我在。」

茱麗葉傻眼地這麼說完，不知何時已經起身的亞當斯卡便從旁插嘴。他居然換上了角度誇張的三角泳褲。

夏娃也是，拜託你們穿得符合自己的年齡一點！

「不管是媽媽還是妳們，我都會保護好。」

仔細一看，亞當斯卡身上也是溼的。或許他剛剛就泡在海水裡顧著夏娃。

「算啦，和爸爸待在一起應該多少能安心點吧。」

「嘻嘻……爸爸一直以來都不太可靠呢。」

「妳們！怎麼這樣……拜託別把實話說出來。」

亞當斯卡似乎很傷心。這番你來我往可以看出他們平常的上下關係。

「話說回來，利佳同學不游泳嗎？」

「利佳要待在這裡和我做日光浴！」

茱麗葉語氣堅定地強調後，夏娃一臉哀怨地回到海邊。

「……雙胞胎還真有趣呢。」

默默看著維奧萊特家互動的伍輕聲說道。

「是嗎？雖說是雙胞胎，不過我們是異卵，應該不怎麼像耶。」

「唉呀，妳聽到啦？不，我這句話沒有惡意喔。身為一個沒有血親的人，我很嚮往這樣的聯繫。」

不過我同意伍的看法。媽媽夏娃換上泳裝去游泳，茱麗葉和哈麗葉則待在遮陽傘底下不動。這也是雙胞胎的有趣之處吧。

「不過嘛，個性上來說妹妹應該比較像媽媽吧。兩個人都自由奔放……偶爾會讓我感到羨慕。」

「妳認真這點像爸爸呀。」

「好好好，就當成是這樣吧。」

無論如何，家人感情好絕對不是壞事。我突然在意起戈爾迪家，於是觀察他們那邊的狀況。

「勞瑞，妳不游泳嗎？難得連泳衣都帶來了耶。」

「嗯。因為跟游泳比起來，還是和凱恩哥哥玩比較開心。」

仔細一看，正好凱恩一邊向勞瑞揮手一邊靠近。

「唔呵呵呵。勞瑞，我在那邊找到螃蟹喔～」

「有螃蟹先生！我馬上過去！」

多蘿西溫柔地叮嚀準備跑向凱恩的勞瑞。

「……那麼，玩的時候要小心點喔。媽媽會待在這裡。」

「這麼說來，利佳，多蘿西的不在場證明確認過了嗎？」

我搖搖頭。儘管方才談過類似的話題，不過直接確認應該比較好。

於是茱麗葉靠近多蘿西，開門見山地切入重點。

「那麼……多蘿西小姐，這個問題我也問過別人——昨晚妳在做什麼？」

「問我的話，晚上十點哄勞瑞睡覺之後，就這麼和她一覺到天亮啦？」

多蘿西大概也明白自己有嫌疑，所以不厭其煩地回答。

「只不過，勞瑞她先入睡，所以就算問她大概也沒用……」

「我明白了，謝謝妳。」

「哪裡，不用客氣。」

多蘿西說完笑了笑，開始準備下水。

「呵呵，真舒服，來海邊玩居然這麼開心。我去游個泳囉。」

我目送多蘿西奔向水邊，和茱麗葉他們一起回到原來的遮陽傘下。

「話又說回來，多蘿西小姐從剛剛起就顯得心情很好呢。」

哈麗葉發出些微的鼾聲。或許是因為神經緊繃，導致晚上睡不著也說不定。

「心情變好也是理所當然，因為她是續弦。」

亞當斯卡回答了茱麗葉的疑問。

「莫理斯失蹤、克里斯死亡的現在，繼承戈爾迪家的人成了勞瑞。這麼一來，她這個母親身為勞瑞的監護人，在家族裡的地位就變得安安穩穩。」

儘管阿倫或許還有其他私生子，不過一旦在這趟旅行期間決定由勞瑞繼承戈爾迪家，事情就沒那麼容易推翻了。

「啊，這麼一來我就懂了。得知克里斯是阿倫先生的兒子時，她露出很複雜的表情……慢著，難道說爸爸，你認為多蘿西小姐就是殺害克里斯的犯人？」

亞當斯卡聳聳肩。

「我可沒這麼說。我只是認為，她有下手的動機。」

「那個……」

突然，當事人多蘿西朝我們搭話。亞當斯卡似乎沒料到話題中心人物會出聲，嚇了一跳。

「多、多蘿西小姐？」

「嚇到你們了嗎？」

「沒有，只是因為妳突然出聲而已。所以呢，有什麼事嗎，多蘿西小姐？」

無論多丟臉、多被人瞧不起，依舊沒忘記維奧萊特家當家應有的舉止……亞當斯卡的為人讓我有些欣賞。

「有人看見勞瑞嗎？她好像不知不覺間跑到別的地方了……」

茱麗葉環顧周圍。

「這麼說來凱恩也不見人影呢。他們上哪兒去啦？」

「要是顧著追螃蟹時被浪捲走該怎麼辦……」

「一起去找吧。我也很擔心凱恩。」

說著，茱麗葉站起身。

「茱麗葉小姐……謝謝妳。」

「我也一道吧。只有女性令人擔心。」

看見亞當斯卡起身，我不由得跟著站了起來。但是茱麗葉搖搖頭。

「反正小孩子跑不快。我們沒打算去太遠的地方找，如果真的遭到襲擊，也會有個人回來求救。所以爸爸你就負責照顧好媽媽她們。」

「……我知道了。」

「利佳也留在這裡吧。還有，絕對不可以死。」

茱麗葉叮囑我不准跟去，於是我和亞當斯卡他們留下來待命。

茱麗葉和多蘿西去尋找勞瑞後過了十分鐘。夏娃無聊地伸了個懶腰，沒有半點倦意的亞當斯卡則是一直守在哈麗葉身旁。

真希望接下來一直到結束都不會再減少人數了……

「……總算只有我們兩個了呢。」

不知不覺間，夏娃已經來到旁邊貼著我坐。居然讓她這麼靠近……看來我太放鬆了點。

我看向亞當斯卡，但是夏娃顯得毫不在意。

「喔，那種小事啊。沒人在意啦。我又不會吃了你，來聊聊吧？」

即使她這麼說，我也只能「嗯嗯」地點頭。

「我一直很在意，你和茱麗葉是怎樣的關係？朋友？還是戀人？」

我曖昧地笑了笑，試圖敷衍過去。

「話說回來，用這種問法也得不到回應對吧。不過你不需要勉強隱瞞心意喔？就算莫理斯回來，婚事大概也已經吹了。」

夏娃露出意味深長的笑容。

「真是的，大家都太頑固了。其中最嚴重的就是茱麗葉。明明主動宣告『我是長女所以由我結婚』，自己卻完全看不開啊。」

我能明確感受到這點。莫理斯姑且不論，就連結婚對象換成無懈可擊的克里斯她也會猶豫。

「不過呢，這是茱麗葉的魅力所在。認真負責，而且內心纖細。正因為如此，我希望茱麗葉幸福。我認為只要有愛，身分和性別都不重要。」

思想相當開明呢。不，要不然她就不會穿這種泳衣，也不會這樣調侃我了……

「啊，不過……如果你有那個意思，要和我玩玩也可以喔？」

說著，夏娃把手放上我的胸膛，整個人靠上來。

「唉呀？」

這下糟了……

「呀啊啊啊啊啊啊啊啊！」

突然，某處傳來茱麗葉和多蘿西的慘叫。我暗自慶幸，連忙起身。

「真是的，有趣的部分接下來才要開始耶……茱麗葉真不識相。」

夏娃深深嘆了口氣，彷彿要把胸膛裡的空氣全吐出來一樣。然後她朝我微笑。

「好啦，快點過去。至少要第一個趕到表現一下才行，對吧？」

我往傳來慘叫聲的方向奔去，茱麗葉和多蘿西就在那裡。幸好兩人沒有受傷，不過她們都結凍般愣在原地。

「利佳！」

看見我的茱麗葉突然抱上來。我不知該不該摟住她，所以暫時不做反應。

「那、那個……」

稍遠處的海灘，有個疑似假人模型的物體被海浪沖上來。然而那個肌膚的質感怎麼看都是人類的屍體。儘管有段距離所以還看不清長相，不過應該是漂流到這裡的吧。

話又說回來那身衣服，該不會……

「好大聲……媽媽，妳怎麼嚇成這樣，發生什麼事啦？」

天真無邪的話音。仔細一看，勞瑞與凱恩正看著我們。

多蘿西立刻蹲下抱住勞瑞。

「勞瑞，妳去哪裡了？媽媽好擔心……」

大概是感受到氣氛不尋常吧，勞瑞什麼也沒說，靜靜站在原地。不過，也有人在這種狀況下依然故我。

「所以是發現大螃蟹嗎？找到了嗎？找到了嗎？唔呵呵呵呵！」

凱恩蹦蹦跳跳地要靠近屍體。

「啊，凱恩，不可以過去喔。」

凱恩躲開茱麗葉的制止，試圖往海潮線移動，卻遭到突然現身的伍攔住。

「好，停。別再靠近比較好。金髮加上那身衣服，十有八九是莫理斯的屍體。」

莫理斯果然已經死了嗎……

「這一帶因為海流的關係，會有許多東西被沖上岸。他多半已經在海上漂了一陣子。已經瞄到的小姐們雖然來不及，但是不能讓後到的也看見。」

「即使如此，好歹還是得確認……」

茱麗葉顫抖著反駁，但是伍神情冰冷。

「……這件事我本來不太想提——魚發現在水裡漂流的屍體後，會從比較柔軟好下口的地方開始吃。具體來說，就是眼睛和嘴唇。這個嘛，如果無論如何都想看，我也不會阻止你們就是了。」

嗯，既然少了這些部位，就沒辦法辨別長相。勉強去看也沒意義。從茱麗葉蒼白的臉看來，她應該也有同感。

「莫理斯……嗚嗚嗚……」

多蘿西流著淚呼喊繼子的名字。儘管莫理斯不是親生的，她這些年來或許還是把莫理斯當成自己的兒子也說不定。

多蘿西小姐想必是個善良的人。

伍向多蘿西遞出手帕，這麼說道。

「不好意思，能不能請各位都回到屋裡？啊，麻煩把霍桑先生叫醒，讓他過來一趟。」

生存者們在會客室集合。

發現屍體後已經過了將近一小時。當然，現在不是做什麼海水浴的時候，方才穿著泳裝的人也都把衣服換回來了。

「剛剛發現的遺體……死因大概是溺死吧。」

驗完屍的霍桑開始向大家解釋。

「不過身上有很嚴重的撞擊痕跡。我認為是被人從高處推下海，這座島有符合條件的地方嗎？」

「島的北邊有個斷崖。如果是從那邊推下去，與海潮的流向也吻合。」

聽到伍的說明，霍桑點點頭。

「然後……雖然不願意這麼說，但是從髮色、體格，以及其他身體特徵看來，那具遺體是莫理斯的可能性非常高。」

多蘿西摀住了臉。她原本對於莫理斯的生存大概還保有一絲希望吧。霍桑連忙這麼補充。

「然而臉沒辦法辨識，所以我也不能肯定。」

亞當斯卡對於這句安慰的話語有了反應。

「也就是說，只要準備好替換的屍體，就有掉包的可能性……嗯。既然如此，代表我們還不能放鬆戒備。」

「……夠了。」

阿倫語氣平靜，說出的話卻顯得自暴自棄。

「親愛的？」

「莫理斯事前根本不知道要來這裡。他去哪裡準備掉包用的屍體？」

「這……」

亞當斯卡閉口不語。看來是因為自己的突發奇想傷到阿倫而不知所措。

「我原本還抱有些許希望，現在還是老實放棄吧。我的兒子，莫理斯．戈爾迪已經死了。克里斯也喪命了。我的繼承人只剩下勞瑞。所以，亞當斯卡先生，你看這個主意怎麼樣？我已經和妻子商量過了……讓我們家的勞瑞和你們家的凱恩訂婚如何？」

「……我等這句話很久了。恭敬不如從命。」

聽到亞當斯卡的回應，茱麗葉臉色大變。

「慢著。勞瑞還小，而且凱恩對於家裡的事根本……」

阿倫阻止想開口的亞當斯卡，對茱麗葉說道：

「妳的腦袋太死板了。沒有要他們立刻結婚，『立下承諾』才是重點。而且我們兩家的同盟不成立會怎麼樣……妳是維奧萊特家的長女，應該很清楚吧？」

「這……話是這麼說沒錯。」

「更何況如果只帶回『莫理斯死了』的消息，會傳出他遭到維奧萊特家暗殺的謠言。這麼一來抗爭是遲早的事。為了避免最糟糕的發展，只能這麼做。」

「但是，戈爾迪先生。他們的心情呢？」

霍桑代替茱麗葉說出正論。然而，當事人勞瑞倒是顯得毫不在乎。

「如果是凱恩哥哥的話，要我結婚也可以喔？」

「不，是因為妳年紀還小……」

即使是霍桑，聽到這個回答也顯得狼狽不堪。

「霍桑先生，你的擔心十分有理。不過婚約要怎麼處理，可以等勞瑞到該面對的年齡時再想。畢竟就算只是便宜行事，它也能帶來數年的同盟。」

「我可以喔～雖然不太明白但是可以喔～！」

「懂事的孩子……雖然腦袋令人遺憾。」

即使聽到阿倫這麼說，凱恩依然沒放在心上。

「那麼，就當成『莫理斯發生不幸的意外身亡』。請別讓我的兒子們白死。」

安也點頭同意阿倫的意見。

「雖然這麼說完全是出於私情，但我也不希望克里斯白死。只要在場全員不把真相說出去，就當成是這麼回事吧。」

「那就說定了。」

亞當斯卡走向阿倫伸出手，阿倫用力回握。

「到昨天為止的仇敵，從今天起就是可靠的夥伴。今後請多指教。」

談完後不久，大家已經用完晚餐。儘管有人死亡，兩家似乎還是因為有所成果而感到興奮。再加上明天就會有人來接，應該讓大家有種解放感吧。

然而只有茱麗葉始終一臉憂鬱。這麼說來，她不但晚餐沒吃多少，還像夏娃與哈麗葉那樣滴酒不沾。茱麗葉大概還有什麼擔憂吧。

「唉呀，擔心我嗎？」

看來我想的都寫在臉上了。靜靜地點頭後，茱麗葉不知為何開心地說「謝謝」。

「我說啊，利佳……」

「喔，是你們啊。」

打斷茱麗葉的人是阿倫。他臉頰泛紅，腳步也有些怪。

「喔……」

我連忙撐住失去平衡的阿倫，他因此得以免於摔倒。

「……真是不好意思，感激不盡。」

阿倫理好上衣，向我深深一鞠躬。這番舉止相當帥氣，我對他原先明明沒有任何好感，此刻卻不禁心跳加速。到了中年還有這種魅力，年輕時想必令許多女性為他流淚吧。

「剛好。我正要去找酒，要不要一起喝幾杯？」

「醉成這樣……你都不覺得丟臉嗎？」

突然被阿倫纏上的茱麗葉，顯得相當不高興。

「我看起來像醉了嗎？我正因為完全沒有醉意而頭痛呢……話說回來，小姐，我是不是在哪裡搭訕過妳啊？」

瞬間，茱麗葉火冒三丈地瞪著阿倫。

「差勁。你們父子一個樣，真的是差勁透頂！」

「啊，失禮了。因為我交往過的女性多到數不清，大概是將妳誤認為以前在某處共度過春宵的別人了吧。」

雖然是謝罪，卻完全沒有認錯的樣子。這大概就是阿倫這個男人的本性吧。

「我天生就是很難有小孩的體質。年輕時我把它當成好事，到處播種。」
「如果你打算繼續談這種讓人不舒服的話題，我可要回房間囉？」
「啊，抱歉。我並沒有要搭訕你們的意思。打從勞瑞出生之後，我就不再到處風流了。因為實際有女兒之後，我了解到自己的罪孽有多深重。」
「……即使已經悔改，罪孽依舊是罪孽，不會變成從未發生過。」
「的確。接連失去莫理斯和克里斯，或許是上天給我的懲罰呢……」
茱麗葉登時一副「說錯話了」的表情。她大概是發現，雖然自己很不爽，依舊不該對失去兩個兒子的人說出這種話。
「不，我沒有這個意思……」
「我很感謝妳……現在我不會想繼續喝了。那麼容我先告退休息。」
阿倫踩著穩定的腳步離去。儘管剛才那番話像是醉漢的戲言，不過或許他真的沒醉也說不定。
等阿倫的背影消失後，臉頰微紅的茱麗葉突然這麼提議：
「……欸，利佳，要不要出去吹吹風？」

在茱麗葉的邀約下，我隨著她來到夜晚的海灘。周圍沒有其他人，夜空高掛著美麗的滿月。

由於月色實在太美，我忍不住指著它，告訴茱麗葉這件事。

「唉呀，真的耶。雖然太過耀眼了點。」

沐浴在月光下的茱麗葉真的無比耀眼……讓人覺得是種難以直視的存在。

「我啊，自從兩家開始談這樁婚事之後，一直感到不安、害怕，但是只靠我自己根本無能為力……」

我知道，茱麗葉為了家人，原本早已打算放棄自由，接受一切。

「但是在這種狀況下，依舊有人願意為我傷心、生氣，光是這樣就讓我覺得輕鬆許多。」

聽她這麼一說，我不禁指著自己的臉。一開始還擔心弄錯怎麼辦，不過茱麗葉微笑著肯定。

「……以前當成朋友的人全都離我而去，但是我還有你在。不，只要有你在就夠了。」

突然，我想起這具身體的主人利佳・弗吉瑪爾。在其他舊友先後與茱麗葉斷絕關係的情況下，只有利佳沒有離開。雖然我不清楚是基於怎麼樣的感情，然而願意奉陪到這種程度，應該不會是單純的利害關係。

「就算與莫理斯的婚姻生活很痛苦也沒關係，只要還有你在，我就撐得下去。即使這樁婚事已經付諸流水，我的感激之情依舊不變。我要再次向你道謝。」

利佳本人姑且不論，代替利佳站在這裡的我，有資格接受這番話嗎……

我在自問的同時，也曖昧地點點頭。

「……欸，可以讓我再任性一下嗎？」

茱麗葉紅著臉靠過來。如果彼此是情侶，這時候應該摟住她的肩膀吧。

我戰戰兢兢地將手放到茱麗葉肩上，感覺到她的身體在發抖。

啊，原來如此。茱麗葉是以這麼嬌小的身體鼓起勇氣。那麼，非回應她不可。

我摟住她，兩人額頭相碰，然後、然後……

但是這段夢一般的時光，以意料之外的形式被奪走。就在此時，我的意識開始遠去。

「咦，等等，你怎麼啦？」

儘管聽到茱麗葉驚叫，身體卻使不上力。

「利佳？喂，利佳……」

一在迦勒底恢復意識，我立刻坐起。這回可不能悠哉地等。我在腦中拚命地整理重點，並且告訴三人發生什麼事。

「嗯嗯原來如此……就在和茱麗葉小姐氣氛正好時突然失去意識。不，前面和夏娃之間的氣氛好像也不錯。嗯嗯……」

莫里亞蒂先是喃喃自語，然後突然盯著我的眼睛這麼問。

「所以呢……進展到哪裡？老實招來。」

「呃，那不是主題！」

我忍不住吐槽之後，瑪修紅著臉看向我。

「在海邊你儂我儂……這是在做夏天的預習嗎，前輩？」

這樣下去會無法收拾……正當我這麼想的時候，福爾摩斯伸出援手。

「不不不，事情可沒那麼好。畢竟這再怎麼說都是利佳．弗吉瑪爾的故事。」

「啊，這麼說來的確是……」

儘管嘴上這麼說，瑪修似乎還是想像了些什麼，顯得很不好意思。

「唉，不過事情發展居然好猜到這種地步。」

「同感。不過滿月出來就表示……」

「咦、咦？這是什麼意思啊？」

福爾摩斯和莫里亞蒂似乎已經弄懂某些事。不過很遺憾，我還完全不懂。我和瑪修正打算問他們時……

「滿月暫且放一邊，我有些事要問。意識遠去前，有沒有什麼明顯的徵兆？」

「應該沒什麼特別的……至少沒有吐血。」

莫里亞蒂緩緩點頭。

「原來如此……那麼應該是用安眠藥或麻醉劑之類的東西吧。既然是昏過去，應該不至於當場死亡。」

「嗯，應該不是茱麗葉小姐下的手吧。只有你們兩個，不需要在你面前演得好像很擔心一樣……不，反倒該展現出本性吧。」

聽到福爾摩斯的推論，瑪修和莫里亞蒂都縮了一下。

「你沒有人心嗎？這種時候該老實地相信茱麗葉小姐的純情啦。」

但是福爾摩斯毫無悔意。

「我只是不會因為『女性』這種理由就相信別人而已。不過聽罪犯談論人心實在是……」

「那個……我不太明白，為什麼會有人盯上前輩？這是突發狀況嗎？」

沒錯。實際上，無論怎麼想我都搞不懂這點。利佳・弗吉瑪爾應該和兩家的利益糾葛毫無關係才對。

「這算是自然的發展吧。」

負責替我們解說的似乎是莫里亞蒂。他雖然不時展現犯罪王的那一面，但這回他既是福爾摩斯的助手也是偵探。他的灰色腦細胞實在很可靠。

「確實，訂立婚約使得兩家同盟成立。但是在沒找出犯人的情況下，隔閡依舊會存在……更重要的是，犯人自己也不願意過著畏罪的日子。既然如此，找個代罪羔羊就好。犯人或許打算讓外來者利佳背黑鍋，然後把他殺掉。」

「莫里亞蒂教授！你怎麼會有這麼恐怖的念頭！」

瑪修一副難以置信的表情抗議。

「別那麼生氣。不過是『有這種可能性』而已。」

「但是教授的看法應該沒什麼問題。要說有什麼值得慶幸的地方，大概是犯人不會採用一看就曉得是他殺的方法吧。犯人會盡可能留下虛偽的遺書，布置成看似自殺的樣子，否則沒有意義。舉例來說，就像是把人勒死之後偽裝成上吊自殺……只不過，就算做這種事，一碰到驗屍照樣會穿幫。除非犯人自己負責驗屍，那倒是有可能混過去。對吧，醫生？」

「呃，霍桑醫師和我無關吧。」

福爾摩斯一副告發犯人的口氣，莫里亞蒂則是冷靜地吐槽。

「不過，這點先放一邊，就算他真的是犯人也別生氣啊。」

「回去那邊之後如果有空，就找找遺書。說不定犯人已經把它塞到房間的某個角落了。」

眼前突然一片黑暗，身體使不上力。

「咦，前輩……？」

聽覺勉強還在，不過應該很快就會跟著消失吧。

「唉呀，終於要毫無預兆地陷入睡眠了嗎？立香睡著，就代表那邊的『某人』還活著。就這點來說應該值得高興。你也這麼想吧，名偵探？」

但是我沒聽到福爾摩斯的回答。在難以言喻的不安籠罩下，我又一次落入那邊的世界……

「看來很快就要迎接高潮了呢。」

福爾摩斯將失去意識的立香抱回床上，同時這麼說道。

「事件的真相還未明朗……不過，我們幾個得支援前輩，想辦法解決才行……對吧，福爾摩斯先生？」

但是福爾摩斯面有難色地望著牆上的時鐘。

「抱歉，我突然有事要辦，會暫時離開。之後就拜託囉。」

「咦？那個，是什麼……」

福爾摩斯轉身背對傻眼的瑪修。

「現在沒時間解釋。如果無論如何都想知道，就去問那邊的男人。」

瑪修看向莫里亞蒂，後者一臉了然於心的表情。

「嗯，果然是滿月嗎？」

「就這麼回事，教授。」

福爾摩斯只留下這句話就離開房間。

「那我就問了，莫里亞蒂教授，福爾摩斯先生是去做什麼呀？」

「我是安排詭計的那一邊，不是解謎的那一邊喲。再加上解釋那個怪胎的想法非常麻煩，我實在不想這麼做……不過嘛，既然是妳的請求就沒辦法啦。」

莫里亞蒂一臉拿瑪修沒轍的表情開始解說。

「這次，我和福爾摩斯得到的資訊一樣。之後只需要仔細地建立起邏輯即可。那個男人（福爾摩斯）只要沒發四十度的高燒，就會得到和我一樣的結論。」

「那麼，教授你已經知道福爾摩斯先生是去哪裡對吧？」

莫里亞蒂心不甘情不願地點點頭。

「不過滿月是指……難道他打算上月亮一趟嗎？」

「真是可愛的想法。雖然福爾摩斯聽到說不定會笑出來。不過嘛，這部分晚點再說明……這回的覺醒真短呢，也因此來不及給立香忠告。」

「……是的，我也有件事想和前輩確認。」

「喔，妳注意到什麼了嗎？」

「呃，雖然沒有人明說……克里斯先生的親生母親，會不會就是安小姐？」

「嗯，這麼想比較合理吧。安的態度也給了提示。阿倫故意不提，但他應該是把不能認親的克里斯交給身為母親的安照顧。」

「……安小姐喪子了呢。」

瑪修明明說出了正確答案，卻沒有半點高興的樣子。

「非得盡快解決事件不可。莫里亞蒂教授，還有什麼其他的線索嗎？」

「當然有，就是克里斯的訊息，雖然事到如今才講也沒什麼意義。就算他是在死前留下告發犯人的訊息，也不見得會寫出犯人的名字。寫出犯人的屬性也是不折不扣的告發。我認為，他可能是想寫『mom』。」

「但是，這樣應該無法辨認他指的是誰吧？」

「以訊息來說或許不夠完整，但是只有三個字母，和寫全名比起來應該輕鬆得多吧。只不過，就連這樣還是沒寫完而變成『mor』，本人或許很遺憾。」

「mom……母親？等一下。既然寫下訊息的人是克里斯先生……那麼盯上前輩的該不會……！」

有種腳趾前端受到摩擦的奇妙感覺，還有種難以言喻的甜香。

注意到是因為自己被某人背著而且腳拖在地上的瞬間，我醒了。

清醒之後，我本能地以雙腳站立。

「呀！」

可能是因為重心不穩吧，原本背著利佳的茱麗葉失去平衡，往前撲倒。

「咦，你醒啦？我正打算去叫醫生耶。」

仔細一看，這裡是虛月館門口。雖說雙腳沿路拖在地上，不過還真沒想到她會獨自把人從海灘背回來。

「真的是累死人了，連我自己都在懷疑是怎麼把你背回來的。明天應該會肌肉酸痛。」

居然能以這麼嬌小的身體把人從海邊送回這裡……「火場的怪力」形容得還真是巧妙。

不，為了利佳拚命到這種地步的人，不可能只是普通朋友。想必就像利佳十分看重茱麗葉一樣，對茱麗葉而言，利佳也是個重要的存在。

「雖然把你留在海邊由我去求救也可以，但是遭到野狼或犯人襲擊就糟糕了，所以……」

茱麗葉害羞地這麼說，顯得無比可愛。

「能走路了嗎？」

我點點頭，於是茱麗葉笑了。

「這樣啊，那麼……」

和我想的一樣，茱麗葉撲到我背上。她的體溫直接傳了過來。

「我累了，能不能就這樣把我送到房門前？」

我點頭答應，將茱麗葉送回房間。等到我蹲下來放她落地之後，她才依依不捨地放開。

「那麼利佳，晚安。你也要早點休息喔？你的臉色很差。」

我向茱麗葉揮手，直到門完全關上，然後確認門上鎖的聲音響起。這麼一來茱麗葉應該不會遭到襲擊而喪命了。

好，開始搜索。

我連忙回到自己的房間，仔細調查室內。書桌裡頭、床底下、鏡子背後、枕頭下面……

找到了！

東西在枕頭下面。它甚至不是信紙，只是一張折起來的B5紙。

我緊張地攤開來，確認紙上內容。

給各位

雖然我表面上只是茱麗葉的男性朋友，實際上卻是以一個男人的身分深愛著茱麗葉。所以才在妒火的驅使下將莫理斯推下懸崖，並且毒殺克里斯。此刻，我為自己鑄下無法挽回的大錯而感到後悔，決定以死贖罪。實在是非常抱歉。

利佳・弗吉瑪爾

我差點就把它撕了。因為內容雖然拙劣，卻有可能被當成真正的遺書。如果在海邊昏倒時茱麗葉不在旁邊，或許我已經被犯人嫁禍並慘遭殺害。

這封遺書，就交給瑪布爾商會的人吧。

想到這裡，我走出房間，正好安站在外面。簡直就像預先知道我會出來一樣。

「你來得正好，利佳……」

我正想把自己的目的告訴她，肚子卻先受到沉重的衝擊。

為什麼安小姐要……做這種事……

我就在得不到解答的情況下，失去了意識。

第四章　第四天

The Kogetsukan murders Day4

醒來時，我已經做好身在死亡世界的心理準備。

我是不是就在那一晚，遭到安的襲擊而喪命呢……

不過仔細一看，這裡是我在虛月館的房間。畢竟見過很多次，不可能弄錯。

「你醒了嗎？」

這麼問的不是別人，正是安，於是我連忙從床上站起。儘管她並非赤手空拳就贏得了的對手，但是面對危害自己的人，不可能不擺出迎戰態勢。

然而和我預期的相反，安深深低下頭。

「對於方才的粗魯，我在此向您致歉。」

似乎有什麼理由。

「大姊頭都道歉了，你就別繼續站在床上啦。」

不知不覺間，伍已經靠牆而站。無論如何，這條命等於掌握在伍的手上。於是我跪坐在床上，老實地聽安說話。

「昨晚收拾完畢後，伍發現有奇怪的粉末灑在桌上。」

「我認為是某人下藥。話雖如此，不過尋找受害者比尋找犯人更重要。我和大姊頭分別確認每個人的樣子，然後大姊頭就發現你臉色很差啦。」

啊，所以才會在走廊上碰到嗎？

「我心想必須盡快讓你把東西吐出來，所以用了比較粗暴的手段。」

「大姊頭把你搬到床上後一直在旁邊看顧。順帶一提，吐出來的東西我已經清理掉了。」

居然讓這位手藝一流的廚師清理嘔吐物……實在讓人過意不去。

「從沒什麼後遺症看來，或許只是單純的安眠藥。不過感受得到惡意。萬一是在洗澡時睡著，那麼你已經沒命啦。更別說還有這玩意兒了。」

說著，伍拿出那份假遺書。

「雖然我不覺得會有人寫出這種東西後尋死……這棟虛月館裡有舊式的電腦和印表機，要假造遺書根本算不上什麼。」

太好了，看來不用從頭開始解釋他們也明白那是假遺書。不……真要說起來，應該每個人都知道利佳不可能寫出那種遺書才對。

簡直就像小孩子的惡作劇……

「天很快就要亮了。中午過後會有人來接，只要撐到那時就能平安回去。」

說完，安走出房門，伍也跟在後頭。

「所以呢，接下來我們會保持清醒持續戒備。如果出了什麼狀況就大叫，我們會馬上衝過來。」

安和伍在天亮時分離開房間之後，我完全睡不著。儘管也跟自己面臨生命危險有關，不過還沒解開的謎堆積如山，令人毫無睡意。

結果，因為到了早餐時刻，所以我梳洗換裝後離開房間。原本以為我已經算是提早了，沒想到其他人早就抵達餐廳，等待伍的服務。

「早安啊，利佳。」

儘管語氣輕快，不過仔細一看，就能看見伍有明顯的黑眼圈。

「你看起來很想睡覺呢。要不要休息一下？」

已經入座的茱麗葉調侃他。這麼說來，茱麗葉還不曉得之後發生的事。

「沒什麼，如果我有那個意思，還可以再撐個三天喔。不過嘛，現在比較鬆懈所以有點想睡倒是真的。畢竟全員都在看得到的地方，對我來說輕鬆不少。」

就在這時。那個「叮咚」的門鈴聲又響了。

「門鈴？咦……可是大家都到齊了吧？」

多蘿西一臉困惑地說道，阿倫也皺起眉頭。

「該不會是接我們的人到了吧？」

「不可能。沒有我的命令他們不會擅自……」

「外頭果然有人。會開這種玩笑的，除了那個偵探以外……請等一下，我馬上回來！」

伍說完後瞬間消失，然後立刻現身。

「事情不好了。雖然可能不該挑在這種時候告訴大家……地下室的薛靈漢屍體消失了。」

「你、你說什麼!?」

亞當斯卡和阿倫幾乎同時爆出這句話。不，聽到這種事不吃驚才奇怪。

「怎麼會……什麼時候的事？」

聽到哈麗葉不安地這麼問，伍搖搖頭。

「因為裹在床單裡，所以我看漏了。裡面只是根圓木。雖然不曉得是什麼時候掉包的，不過材料外面要多少有多少。」

「不是你的錯。就算是我，也沒辦法提防死者。」

安出言安慰懊惱的伍，此時阿倫開口詢問。

「可是安啊，這個狀況要怎麼解釋？難道要說薛靈漢是幕後黑手嗎？」

「很遺憾，判斷材料不夠，所以我什麼都不能說。」

「雖然偶爾會聽人家講到死而復生……不，慢著。」

伍宛如要攪拌現場沉悶的氣氛般說出這種話，不過他好像想到了什麼。

「我突然閃過一個有點奇怪的念頭。昨天，亞當斯卡先生曾經提過莫理斯先生可能和屍體掉包對吧？」

亞當斯卡儘管感到疑惑，依舊明確地點點頭。

「是啊，不過，那個推理因為『弄不到用來替換的屍體』而被駁回了……」

「反過來說，只要有屍體就能掉包啦。而且薛靈漢的屍體就在地下室……把屍體偷出來後，將頭髮染成金色，再讓魚把屍體的臉咬到無法分辨的程度，這樣不是很完美嗎？」

聽到伍的推理，夏娃驚叫出聲。

「真的會有人這麼殘忍嗎？」

「就算莫理斯還活著，也不值得高興。如果是用這種方法讓自己活下去，那麼他已經和邪魔歪道沒兩樣了。」

阿倫傷心地這麼表示，不過安用眼神給予否定。

「要做出這種結論還太早。犯人或許真的就是薛靈漢。」

「不管是誰都一樣，我要把這個瞧不起我的傢伙揪出來，讓他見識一下地獄。

我們分頭到外面搜索吧。」

「伍，你想讓客人面臨危險嗎？中午過後就會有人來接喔？」

但是伍不肯退讓。

「大姊頭，把犯人留在這裡就回去，算不上是我們贏吧。更何況，這種做法也

會影響商會的面子。」

大概是被部下戳到痛處，安沉默不語。

「雖然光是能活著回去就該慶幸……不過這和困在迷宮裡沒兩樣呢。」

「如果可以，我也想知道莫理斯死亡的真相。」

亞當斯卡和阿倫各自說出心中的想法。既然兩位當家這麼說了，搜索一事就無

法避免。安一臉不情願地接受了伍的意見。

「那麼，我想用最後的幾個小時搜索，但也不能帶女性和小孩子一起去呢……

啊，利佳另當別論。你會跟我一道吧？」

伍該不會很中意我吧？

腦中浮現這種念頭的我，老實地頷首。既然是和伍待在一起，應該沒問題吧。

「那麼我就留在這裡。畢竟掉頭回來的犯人也有可能抓人質嘛。」

有安保護就能放心了。當然，我打算參加搜索。

「搜索耶～！我也想去耶～！」

「等等，凱恩，不可以啦……」

茱麗葉似乎攔不住興奮的凱恩，向我求助。

「你看，利佳也很為難對吧？」

「利佳……我會惹麻煩嗎？」

儘管我完全沒有帶凱恩一起去的打算，但是看見他含著眼淚這麼懇求，令人很難拒絕。經過一番煩惱之後，我牽起凱恩的手，表示願意帶他同行。

「耶～耶～！去解決犯人囉～！」

茱麗葉一臉「怎麼會有人蠢到這種地步」的表情。

「唉，你人太好了啦……不過這正是你的優點。」

然而，茱麗葉的表情顯得無比溫柔。

「既然如此，凱恩少爺和利佳就由我保護吧。」

「要小心喔，利佳。」

茱麗葉柔聲叮嚀，於是我轉過身去，和搜索隊一起踏出虛月館。

搜索地點，當然就是虛月館後方那片森林。雖然不適合讓人生活，但這或許就是盲點。

「那、那麼我們搜索這邊。」

亞當斯卡顯得很僵硬。不太適合做粗魯行為的亞當斯卡之所以打頭陣，應該是出於身為家長的責任感吧。

「雖說只有一把，不過有獵槍實在是太好了。雖然以我的技術來說，這把槍或許只是帶著讓人安心的。」

說著，霍桑確認起彈匣。如果只是野狼，應該能靠那把槍擊退吧。

「嗯，雖然我覺得不可能發生這種事……如果找到莫理斯，能不能請你們留他一命？至少讓我問問他真正的意圖。」

對於阿倫這個悲哀的請求，伍並未嘲笑，而是正經八百地答應了。

「……我明白了。那麼，請小心。」

「嗯，你們也是。」

亞當斯卡、阿倫、霍桑三人消失在森林深處。等到看不見三人的背影後，伍轉過來露出笑容。

「那麼，我們往那邊。雖然沒有獵槍，不過有我在，用不到那種東西。」

「功夫？截拳道？詠春拳？拜託務必表演給我看～！」

凱恩一邊鬼吼鬼叫一邊亂擺姿勢，伍有些落寞地看著他。

「那些終究只是殺人技巧，沒什麼好看的。」

突然，背後的草叢傳來沙沙聲。

「那裡嗎！」

伍立刻扔出看似小石頭的東西，緊接著傳出一聲丟臉的慘叫。

「什麼啊，原來是小狗。」

然而從草叢裡鑽出來的，是一大群狼。不知道是因為地盤遭到入侵，還是同伴受傷惹火了牠們，這群狼全都散發出殺氣。

「盡是野獸啊。抱歉，利佳。趕走這些傢伙需要一些時間。因為不能出什麼差錯，所以麻煩你和那位少爺一起找個地方躲。」

話才剛說完，伍就往狼群使出一記飛踢，但是這些狼沒有退縮。如果殃及池魚就糟了，於是我牽起凱恩的手，退到看似安全的地方。

「躲起來、躲起來囉～！」

凱恩還是一樣亢奮，早知道這樣就不帶他來了。

「……累死人了，到這裡應該沒關係了吧。」

聽到背後的凱恩這麼說，我頭也不回地頷首。你以為是誰害我們落得這種下場啊。

「嗯。如果挑在這個時候，發生什麼都可以用『不幸的意外』交代過去呢。」

我注意到凱恩說話方式和平常不同而轉頭，隨即發現他握著一把不小的刀。

「嚇到了嗎？之前那些都是演出來的喔。這才是本來的我。雖然連家人都不曉得就是了。」

我不由得往後縮，凱恩則是一步步逼近。大概是想盡量縮短距離，一刀把我收拾掉吧。

「好啦，你馬上就要死在這裡，有沒有遺言要交代呀？一個人寂寞地死在這種孤島上……光是想像就覺得可憐呢。」

確實，如果在這裡喪命，那些狼應該會高興地把我吃下肚吧。

「還有……我確實是個騙子，但是我討厭自己以外的騙子。特別是那些接近我家人的騙子。」

看樣子凱恩似乎也知道了。不過，我不想主動放棄這個承諾……

默不作聲會被殺掉。然而就算我辯解，凱恩也不見得會相信。束手無策。就算大聲求救，也撐不到伍趕來。

既然如此，只能想辦法形成扭打。雖然沒勝算，但只要拖時間，救兵趕到的可能性就會提升，得盡力而為才行。

就在我下定決心的瞬間，有個人影自草叢竄出。

「唉呀呀，時候到了嗎？畢竟這種惡作劇不能坐視不管嘛。」

以超然語氣說出這幾句話的人……正是那個應該已死的自稱名偵探。

偵探雖是赤手空拳，卻完全不把凱恩的刀當一回事，揮砍和突刺都隨手架開，輕鬆得就像在指導後進一樣。

「嗚……」

偵探一腳踢飛刀子，接著就這麼給了凱恩的心窩一拳。凱恩隨著一聲奇妙的呻吟倒地。

「真是個調皮的小孩，稍微睡一下吧。」

說完，偵探轉過來對我微笑。雖然不像是把我當成下一個獵物，不過……

「喲，利佳・弗吉瑪爾……不，藤丸立香。沒事吧？」

聽到這個稱呼，我總算明白眼前的偵探就是夏洛克・福爾摩斯本人，差點叫出聲來。

但因為不能真的喊出來，所以我只有跺腳並且往福爾摩斯的胸口一陣亂捶。

「啊，這反應真不錯。儘管還比不上華生。」

福爾摩斯明明正在被打，卻露出燦爛的笑容。顯然整人大成功讓他心滿意足。

「雖然很想消掉你頭上浮現的大量問號，不過該從哪裡說起呢……嗯，就從我來到這裡的經過開始解釋吧。」

既然他願意解釋，就該老實地聽。

我放開福爾摩斯，聽他怎麼說。

「我呢，一直很在意你夢中的虛月館和現實的迦勒底之間有多少差異。同時，兩地時間流逝的差距，也讓我產生說不定能直接插手的念頭。接著你在滿月下和茱麗葉小姐談心這點，給了很大的提示。即使是不熟悉天文學的我也明白，實在是相當簡單。你在迦勒底看見月亮倒下是二〇一七年的五月七日。第五次醒來時雖然已經是八日，不過當時五月的滿月還沒露臉。所以我注意到，你看見的是數天之後的未來。於是我決定像這樣直接插手。」

換句話說，這場夢是未來發生的事……？

儘管有點難以接受，不過似乎也只能這麼想了。

「如果覺得我在騙人，去查一下月齡就好。二〇一七年五月只有十一日會看見滿月。雖然夢到未來的原理還不清楚，然而重點不在原理而是現狀。然後倒推回來，就會得知你在虛月館被凱恩砸到頭是五月九日的午後。我產生這個想法是在八日，你的夢境則是九日開始……中間有一天的空檔。」

這就表示，第一天那個不請自來的偵探也是福爾摩斯。為什麼要用薛靈漢這種假名字，是為了來救我嗎……

「我明白你的疑問。其實我是在思考怎麼介入時，突然注意到的。你所看見的薛靈漢，有可能只是因為偵探這個屬性而被賦予我的外型，但也不能完全否定是我本人的可能性。所以只要硬是把它看成後者，不就可以大大方方用當事者的身分插手了嗎？」

居然這麼亂來！

「別露出那種表情。既然通往解答的路存在，代表我採取的步驟才是正解。」

不愧是體現了「無誤」這個詞的名偵探……但是我還真沒想過，他居然會做到這種地步。

「不過，來這裡的手續很繁瑣倒是真的。我先以薛靈漢的名字聯絡戈爾迪家，拿恐嚇信的事釣他們，結果魚立刻上鉤。當然，對方表示懷疑，於是我這麼回應他們。『如果能找到你們人在哪裡並且獨力抵達的話就雇用我』。接下來就和拼字遊戲一樣了。從美國的移動時間，以及五月也能游泳的氣候，很快就能明白是在加勒比海群島的某處。雖然關鍵的虛月館在哪裡是個謎，不過那也只到我想起虛月是陰曆初三的月亮為止。我從地圖上找到形狀是眉月的孤島，然後若無其事地出現在你們面前。每一個步驟都很簡單，真要說棘手的部分，大概只有說服達文西吧。因為是把靈子轉移拿來做私人用途嘛。我請美國當地的工作人員擔任臨時御主……」

我舉手要他暫停。要放任他這樣講下去，搞不好會講到晚上。福爾摩斯姑且不論，利佳·弗吉瑪爾要是被留在孤島上可就糟了。

福爾摩斯有點遺憾地聳肩。

「你是書會跳著看的那種人嗎？不過時間也不夠了，我的冒險故事只好割愛。復活的說明就等之後當著大家的面……」

「唔、嗯……………」

凱恩的呻吟聲打斷了福爾摩斯。我原本就覺得不至於弄出人命，看來他剛剛把人打昏的力道十分巧妙，因此凱恩能夠早早醒來。

巴流術，真是恐怖。

「喔，調皮的小孩醒啦。聽聽凱恩怎麼說吧。」

醒來的凱恩先是盯著福爾摩斯看，接著才想起發生什麼事。

「太奸詐了……居然裝死。」

凱恩顯得非常懊惱。

「你才是，明明能正常講話嘛。彼此彼此。」

福爾摩斯把自己耍詐的事擺一邊，漂亮地反擊對方。凱恩起先低著頭，最後認命地開了口。

「……是啊。那是在演戲，全都是演戲。身為長子的我註定繼承維奧萊特家。但是，我不想成為那種世界的人。」

「所以才選擇假裝成不適合繼承的怪胎是吧。」

凱恩點頭同意福爾摩斯這句話。

「雖然演這齣戲害家人擔憂讓我很心痛，但我可不想因為無聊的理由被殺。」

凱恩絕對不是杞人憂天。抗爭、造反、背叛，或者單純洩憤，那是個人命會簡單消逝的世界。要安享天年並不容易。

「……但是，過去為了自保而演戲的你，為什麼會突然展現本性呀？」

「我覺得利佳是犯人。一來是因為說謊，二來我也想不到還有其他人會做出這種事。」

突如其來的指名令我吃驚。為什麼會這麼想啊？

「我在想，利佳會不會是為了解救茱麗葉大姊。這點我很感謝。畢竟我也不喜歡莫理斯。但是不該連克里斯也殺掉吧？如果殺人不是為了姊姊著想，而是為了獨占姊姊，那麼或許有一天連其他的家人也會慘遭毒手。既然如此，不是只能由我動手了嗎！我原本以為，只要拿刀威脅，利佳就會說出真相。」

沒想到他會鑽牛角尖到這種程度……

「放心吧，凱恩。利佳不是那種人。這點我保證。」

「但是，不可能還有其他犯人吧？」

「不，這裡是個完全封閉的地方。而且從一開始，犯人就在我們之中。好啦，凱恩，我有個問題要問你。你能向我證明自己的清白嗎？」

凱恩不太有自信地點頭。

「雖然我不知道莫理斯是什麼時候死的，所以第一件命案沒辦法證明，不過克里斯死亡的時間，說不定我的不在場證明能成立。」

「那麼，你能證明那天晚上十一點二十五分自己在哪裡嗎？」

「我和勞瑞利用空房間玩捉迷藏，找到的時候應該差不多十一點二十分。我在玩捉迷藏時有說過『利佳是騙子』，勞瑞應該也記得。」

「有能夠證明的大人嗎？」

「來找我們的多蘿西小姐囉。她之前雖然說過那種話，不過她是睡迷糊了。」

「我就是想聽這句話。多虧有你，用來說服的材料湊齊了。我要你在適當的時機出面作證。」

凱恩依然不安地看著我。

「那個，關於我演戲的事……」

福爾摩斯眨眨眼。

「嗯，我會保密。什麼時候結束這場戲，由你自己決定。」

凱恩點點頭，臉上表情顯得既高興又難過。

「那麼，兩位，回虛月館吧。差不多該讓事情落幕了。」

會客室響起女性們的慘叫。

「呀啊啊啊啊啊啊！」

福爾摩斯回到虛月館，等著他的並不是歡迎。呃，那種退場方式不可能受到歡迎吧……沒慘叫的只有安和勞瑞。

「真是誇張的反應。不過還沒有那時的華生嚴重。」

但是福爾摩斯滿意地看著女性們。

「出了什麼事⁉」

聽到慘叫，外頭的男性們也回來了。

「真的假的……居然還活著？」

伍擺出架勢。要說我對「福爾摩斯的巴流術和伍的殺人拳法哪邊比較強」沒興趣是騙人的，不過還是希望他們別挑現在。

阿倫看見福爾摩斯也臉色大變。就某種角度來說，他是眼睜睜看著阿倫兒子喪命的大罪人。阿倫大概在懷疑這人有什麼臉回來吧。

「薛靈漢，能不能說明這究竟怎麼回事？」

「沒錯。如果不好好解釋，我也不會放過你喔。」

儘管大概是因為上了年紀，大家都氣喘吁吁，不過還是感受得到想要保護家人的心意。霍桑沒舉槍，只是旁觀事態發展。

「慢著，我能回答你們的疑問。要教訓我等聽完再說也不遲吧？」

伍嘖了一聲，解除戰鬥態勢。看來一流偵探似乎也很擅長說服別人。

「好啦，看樣子全員到齊了呢。這麼一來，總算能解釋第一天的事件。我直接進入正題，這次的犯人……」

「等一下。你是怎麼活下來的？當時你的脈搏確實停了吧？」

相對於打算把自己生存一事略過不提的福爾摩斯，茱麗葉則是完全無法接受地提出質疑。

「這點其實沒什麼了不起。只要在腋下夾顆球用力壓迫手臂的血管，就能讓血流停止，脈搏也會跟著消失。這種手法雖然老套，不過正式名稱叫止血點止血法，是得到公認的醫療技術。當然，做過頭會導致手臂壞死，不過只要能讓你們在那一瞬間誤認就沒問題了。」

儘管講得滔滔不絕讓人差點照單全收，不過福爾摩斯的說明有個嚴重的矛盾。

「不，等一下……醫生再怎麼說也是專家。你總不可能瞞過他吧？」

「沒錯。所以，這就是答案。」

福爾摩斯若無其事地這麼說道。

「你說這是答案，難不成……」

茱麗葉以懷疑的眼神看向霍桑，後者一臉歉意地開口。

「對，我也有一份。抱歉騙了你們。」

難怪他沒用槍指著福爾摩斯。

「醫生，為什麼要做這種事……」
夏娃說出理所當然的疑問。霍桑有幫忙已經顯而易見，但是他為什麼會和這個應該素昧平生的偵探聯手，還沒解釋清楚。
「這個疑問就由我回答吧。霍桑醫生是這裡唯一的醫護人員，如果有人死亡，驗屍顯然會由他負責。所以我第一天就和他做了個約定。如果他協助我詐死，無論之後發生什麼事件，我都會解決。最重要的是，已經退場的我，會成為犯人的盲點。」
實際上，我也是多虧福爾摩斯才撿回一命。
「這……怎麼講得好像知道一定會出事一樣？」
亞當斯卡訝異地詢問。他大概難以置信吧。
「我只能說，從一開始我就不認為會平安無事地結束。」
「霍桑醫生……你怎麼會相信這種傢伙還幫他的忙啊？」
伍忿忿地說道。畢竟失去了可愛的後輩克里斯，這種態度也是理所當然。
「如果這傢伙真的是名偵探……」
「你想說在悲劇發生之前就該預先防範對吧？」

伍以嘖聲代替點頭。看來福爾摩斯真的很惹人厭。

「伍先生，我擅長解決已經發生的事件，但是談到防範就不怎麼拿手了。有句話說得好，『犯人是具有創造力的藝術家，但偵探不過是評論家』。」

福爾摩斯這麼誇口之後，悄聲對我說道：

「我不能讓事態發展牴觸你看見的夢境——就算說出這件事，他們也不可能接受，所以只能這麼講。不過呢，原本的我是個有創造力的評論家。」

說完，他對我眨眨眼。這種囂張的態度，毫無疑問是夏洛克·福爾摩斯本人。

「身為偵探的實力姑且不論，我還是看你不順眼。居然拉攏醫生，繞這麼大的圈子。」

「拉攏這種說法可不怎麼精確。霍桑醫生之所以答應協助我，是因為他也感受到危險的氣息。」

哈麗葉擔心地看向霍桑。

「醫生，該不會你……」

「什麼都別說！」

霍桑的狼狽樣，簡直就像招認自己是犯人。開始有人以懷疑的眼神看他了。

「……聽好，要責怪薛靈漢先生的話，我也有責任。希望大家至少安靜地讓他完成他的工作。」

霍桑冷靜下來後，發言支持福爾摩斯。

「感謝你幫忙說情，霍桑醫生。實際見面後看到你長得慈眉善目，也令人十分高興。我向各位保證，霍桑醫生是個好人。」

福爾摩斯才說完，他背後的大時鐘就響了起來。中午到了。

「唉呀……已經中午了。再不進解決篇，人家就要來接了呢。」

停頓時機也選得很巧妙，福爾摩斯一副連鐘響時間都瞭如指掌的口氣。也因為如此，這番話聽起來不像是在唬人。

「你說解決……意思是你知道真相嗎？」

「當然，戈爾迪先生。在我腦中有足以解釋一切的推理。不過，在說出口之前我有些事想確認。各位，可以跟我走一趟嗎？」

說完，福爾摩斯便轉身背對大家，快步走出房間。

福爾摩斯領著大家抵達克里斯的房間。

「這種地方有什麼東西嗎？」

阿倫疑惑地詢問。

「鑑定死前留言呀。就我所聽到的，克里斯似乎是個意志堅強的人。所以，如果是非完成不可的工作，他死也會達成任務。」

「這種話由你來說讓人很不爽……但是沒說錯。克里斯的責任感有多強，我和大姊頭一清二楚。」

「這個留言，當事人應該自認為已經寫完了，我懷疑是血液不夠。只要用這個試劑，應該可以將那些沒寫好的文字也看得一清二楚。」

福爾摩斯掏出試劑，以那個 mor 為中心塗抹。沒多久，新的訊息就出現了。

「mor……變成 mom 啦！」

福爾摩斯瞄了天真的勞瑞一眼，以非常冷靜的表情看著 mom 這幾個字母。

「果然克里斯想寫的是 mom 啊。在聽我的推理之前，我想讓各位看的就是這個。」

「mom……就是那個 mom 嗎？」

「不錯。正是那個 mom。這點我接下來就要說明。」

福爾摩斯回答茱麗葉的問題後，掃視在場眾人，並且這麼宣告：

「好啦，克里斯想要告發的……究竟是哪位母親（mom）呢？」

The Kogetsukan murders

給讀者的挑戰

好啦，解決需要的線索已經全部到齊。疑似真相的答案，應該已經有個模糊的影子了吧。犯人是出於某個動機殺害莫理斯與克里斯。只要注意到這個動機，自然會知道犯人是誰。不過……實際上，就算沒猜到動機，也能夠明白犯人的身分。

就給讀本書到這裡的您一個特別的提示吧。看到這裡之前，有沒有覺得哪裡不對勁呢？要仔細研究這種異樣感也好，要帶著曖昧往前進也行。這個《虛月館殺人事件》裡，沒有任何掃興的後出資訊，所以請安心推理。

然而，開頭已經提示過，《虛月館殺人事件》並非尋常的命案。唯有這點還請千萬別忘記。

終章　第四天　解決篇

The Kogetsukan murders Day4

先對福爾摩斯這句話有反應的是阿倫。

「克里斯想寫下 mom，該不會……安，是妳殺了克里斯？」

安沒有動搖的樣子。倒不如說，她的表情顯得很哀傷。

「不，克里斯不知道我就是他媽媽。」

此話一出，兩人真正的關係終於明朗。

「我還在想你們怎麼好像很親密……原來是這種關係啊。」

多蘿西看起來克制住了自己歇斯底里地大叫的衝動。不過即使如此，安還是冷靜地訂正了她的誤解。

「事情發生得比妳認識這個男人還要早，這段關係結束很久了。我認為有家人就會變得軟弱……所以自稱安，沒有和克里斯相認……」

安沒有說謊，這點從克里斯生前的反應就看得出來。

「克里斯喪命時還不知道自己的母親是誰，不可能告發安。沒有和生母相認的他之所以寫下 mom，應該解釋成他想告訴我們，凶手是有母親屬性的人。」

「慢著，只靠克里斯留下的文字當成推理根據，應該不太好吧？這種東西可以隨便別人解釋。」

霍桑的質疑很實在，但是福爾摩斯沒有動搖。

「嗯，『不該拿死前留言當推理根據』這個意見也有道理。好吧，那我們就稍微繞點路。用消去法應該大家都能接受吧。」

「這是什麼意思？」

福爾摩斯挑眉回應亞當斯卡的疑問。

「也就是從克里斯遇害時的不在場證明去推論犯人。有件事犯人無從得知——克里斯臨死前弄壞了寶貝懷錶，而且指針指著晚上十一點二十五分。從克里斯的死狀研判，犯人不是一進門就立刻殺害他，中間還講了些話……從進房到殺人再怎麼快，應該也有個五到十分鐘。因此只要把十一點二十五分前後有不在場證明的人排除就好。」

這件事在驗完克里斯屍體後就一清二楚。不過，到頭來還是不清楚誰有不在場證明。

難道有什麼只有福爾摩斯知道的新情報嗎？

「首先要大幅刪減嫌疑人名單。當時在打牌的人可以排除。」

「我也要算在裡面嗎？」

「那當然了，伍先生。因為互相證明對方不在場這點很重要。」

「所以利佳的不在場證明也自動成立啦。」

我的立場沒辦法積極主張自己的清白，得到伍的明確保證讓我鬆了口氣。

「這麼一來就剩下六人。」

「六人？不是七人？……你該不會因為是偵探就把自己排除吧？」

「門窗鎖得很緊吧？如果有我強行入侵的痕跡，你應該會發現才對。」

雖然福爾摩斯應該可以做到進屋不留痕跡又壓抑氣息，不過說出來會讓事情變得很複雜，所以我保持沉默。

「你這個偵探話真多。行，那就六人。」

「好啦，凱恩。你的不在場證明呢？」

「那個時間的話，我們正在玩捉迷藏喔。對吧，勞瑞？」

聽到凱恩這麼問，勞瑞用力點頭。

「嗯，在捉迷藏……我偷偷溜下床和凱恩哥哥玩。」

「找到時差不多十一點二十分喔。」

「雖然是童言童語，不過可以視為替彼此作證。這麼一來就剩下四人。」

福爾摩斯還沒「詳查」的是多蘿西、夏娃、哈麗葉，以及茱麗葉。

其中只有茱麗葉不是母親。多半不是。應該不是……

「那麼，多蘿西．戈爾迪，妳有動機。更重要的是，妳也具備母親屬性。」

「等一下，我才不是犯人！」

「對，妳不是犯人。」

多蘿西拚命地想聲明自己清白，福爾摩斯表示同意。

「咦？」

「沒事啦，多蘿西小姐。妳找到了我們對吧？那時正好十一點二十分喔。」

雖然是把方才在森林講過的重複一次，不過多蘿西因此有了不在場證明。

聽到這幾句話，多蘿西不好意思地抓抓頭。

「啊……我好像睡迷糊了，完全忘記發生過這種事。」

呃，這麼重要的事拜託別忘記。

「凱恩說有大人能夠證明他不在場……那個人就是來找勞瑞的妳。好啦，還剩三個人……」

話又說回來，福爾摩斯從剛剛開始就盡講些吊胃口的話……他該不會是S吧。

真犯人姑且不論，先把茱麗葉不是犯人這件事講清楚啦！

「……利佳的眼神很煩，我就改變一下預定計畫，先提茱麗葉小姐的不在場證明吧。不過她有別人提供不在場證明，我也不懷疑這個證明的可靠性。能不能先這樣就好，讓我把話說下去？」

順序被打亂似乎讓福爾摩斯有點不滿。

話說回來，能夠確定茱麗葉不是犯人當然好，但是現階段嫌疑人只剩夏娃和哈麗葉……無論犯人是誰，茱麗葉必然會感到心痛。

真是討厭的案件。為什麼會發生這樣的慘劇呢……

「好啦，剩下兩人……但是應該夠了吧。畢竟其中一邊知道自己清白嘛。不是的那一邊必然是犯人。那麼，茱麗葉小姐，案發當晚妳和誰待在一起？」

茱麗葉顯然有所猶豫。大概是因為她知道，自己的答案將宣判家人死刑。

「……我妹妹。難道說……啊，怎麼會這樣。」

哈麗葉的不在場證明也成立。這麼一來犯人只剩……

夏娃傷心地看著家人。大概是已經認命了吧。

「犯人對於兩家結合這件事並不反對，因為他明白有必要這麼做。所以凱恩和勞瑞都平安無事，兩家同盟需要他們。但是另一方面來說，犯人兩度冒著破局的風險殺人。這裡有個解開動機的關鍵——對於犯人來說，茱麗葉的婚約似乎就是這麼不能容許。」

「可是……媽媽不可能有殺害莫理斯和克里斯的動機吧！」

媽媽……對啊，夏娃根本沒理由這麼做……

「就是有。這是個非常單純的問題。妳和莫理斯、妳和克里斯都不行，凱恩和勞瑞就可以的理由是什麼？」

「你的意思是問題在於組合嗎？」

「正是如此。原因就在於……妳的親生父親其實是那邊的阿倫・戈爾迪。」

啊，難怪我猜不到這個真相。若是這樣的確能構成動機。

「騙人……」

茱麗葉沉痛地來回看著夏娃和哈麗葉。與阿倫有姦情的母親，以及有阿倫血脈的妹妹……夏娃看來也無法承受，低下頭去。另一方面，哈麗葉則有如石像般動也不動。

「茱麗葉小姐，兩位死者都是妳的異母兄弟。也就是亂倫禁忌……不被接受的婚姻。不過，這個真相僅有妳母親知道，所以她只能獨自承擔……最後導致她殺了人。我有說錯嗎？」

聽到福爾摩斯對犯人的呼喚，夏娃當場跪倒在地。考慮到她內心的思緒，這也是難免。

「為什麼會做出這種事……」

夏娃勉強擠出聲音說了些話。為了避免錯過，我拚命地傾聽。

但是她說出口的內容出乎意料。

「……為什麼，**媽媽**？」

因為……夏娃在這麼說的同時，還看著哈麗葉。

「犯人就是妳，哈麗葉・維奧萊特。」

聽到福爾摩斯這句話，我總算發現自己誤會得有多嚴重。

沒想到……母親不是夏娃，而是哈麗葉！

「怎麼會……我畫的維奧萊特家關係圖居然有錯嗎!?」

福爾摩斯離開後不久，莫里亞蒂不慌不忙地指出瑪修那張關係圖的錯誤。

「雖然沒有對過答案，不過亞當斯卡的妻子應該是哈麗葉，茱麗葉和夏娃則是女兒。有幾個場面，不這麼想就不合理。」

「可是，我只是照前輩說的畫……如果有錯，前輩應該會注意到才對。」

莫里亞蒂搖搖頭。

「不過，沒注意到的可能性很高喔。因為立香受迦勒底影響太深了。這個嘛，瑪修，比方說妳看見蘭斯洛特時，會想到怎樣的屬性？」

「……應該是……加拉哈德先生的父親吧。」

瑪修有些害羞地這麼回答。不過加拉哈德的父親是蘭斯洛特，這是明確的事實而非謬誤。

「換言之就是這麼回事。試著思考一下，立香也產生了類似的聯想。如果一位有絲忒諾外表的女性說自己『有妹妹』，自然會認為妹妹是尤瑞艾莉吧？」

「啊！」

瑪修似乎總算注意到莫里亞蒂想告訴她的事。

「分配到源賴光外表的夏娃也一樣，只會讓人以為她是母親。當然，茱麗葉不會知道立香的事，真要說起來，她應該也沒有要騙人的意思。說穿了就是在誤認的情況下走到這一步……單純如此而已。」

「可是……你看，那是亞當和夏娃吧？」

「喔？」

即使大致上承認自己誤解，瑪修依然堅持爭辯。

「從名字來看，亞當斯卡和夏娃是夫婦，茱麗葉和哈麗葉才是雙胞胎吧？這種亂七八糟的組合實在是……我無法接受！」

但是莫里亞蒂輕輕鬆鬆就擺平了瑪修的質疑。

「雙胞胎的名字是從雙親的名字延伸吧。也就是說，茱麗葉來自哈麗葉，夏娃來自亞當斯卡。妳看，這不就一點也不奇怪了嗎……我到底在替誰代言啊。」

「可是，哈麗葉小姐居然是茱麗葉小姐的母親……這種年齡差距要誤認為姊妹不是太勉強了嗎？」

「會嗎？如果『莫理斯是有莫德雷德外表的男性』成立，顯然立香看見的模樣與實際長相有差距。那麼外表和實際年齡就不見得一致了吧。」

瑪修按住太陽穴，閉上眼睛。

「我覺得腦袋一團亂。」

戈爾迪家

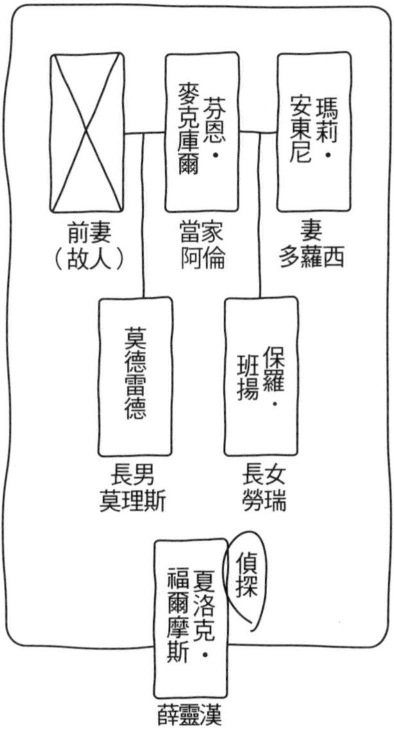

維奧萊特家

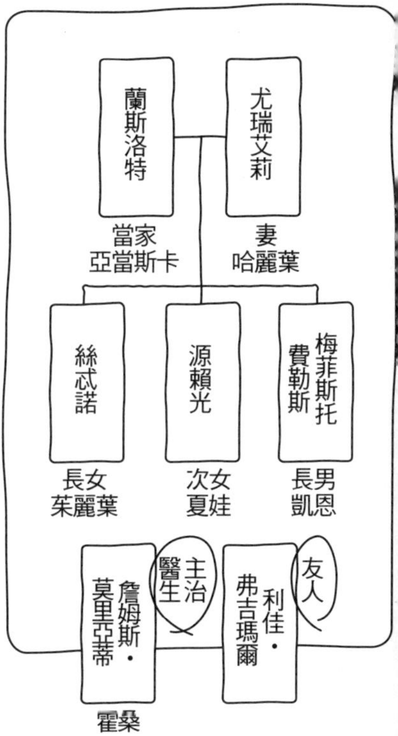

瑪布爾商會

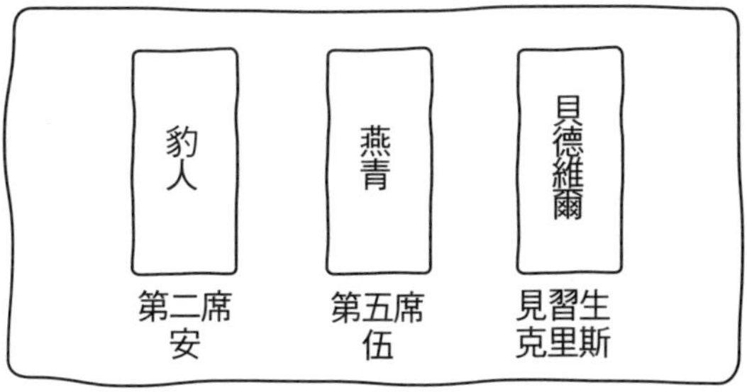

「最混亂的大概是突然聽到福爾摩斯說出真相的立香吧……畢竟那個男人習慣把關鍵留到最後才說。」

「……前輩和福爾摩斯先生真是過分。不，我知道他們沒有惡意，可是，該怎麼講……」

瑪修鬧起彆扭。莫里亞蒂以和藹的眼神看著她，並且說道：

「不過嘛，立香好像漏講了一件事……雖然只是細枝末節。」

「咦，這張人物關係圖還有錯誤嗎？」

瑪修一副「我已經什麼都無法相信」的模樣盯著白板。但是莫里亞蒂溫柔地訂正。

「不，這張圖沒有其他錯誤喔。利佳．弗吉瑪爾是『友人』這點也不假。唉，福爾摩斯不可能漏掉吧。畢竟，他已經直接確認了嘛。」

「不好意思，拜託別吊胃口，告訴我啦。」

哈麗葉是犯人……福爾摩斯宣布這個事實後，維奧萊特家的人們，嘴巴潰堤似地滿是哀嘆。

「騙人的吧？告訴我那是假的，哈麗葉！」

「為什麼，媽媽？」

就連應該見慣生離死別的伍也愣住了。

「真的是這人殺了克里斯嗎？」

大家各自把心裡所想的說出口，導致福爾摩斯沒辦法繼續說明他的推理。混亂平息似乎還需要些時間。

「真是的，突然就變吵了。不過，現在正好適合和你對答案。」

福爾摩斯以只有我聽得到的音量這麼說道。

「應該有蛛絲馬跡吧。這個嘛……你試著回想一下問夏娃不在場證明時的對話如何？」

沒錯……記得那時我在紙上寫了「話說回來，伯母昨天晚上在做什麼啊？」讓夏娃看。

「這問題真怪耶。媽媽很早就睡覺囉。應該是晚上十點或十一點……抱歉，我沒辦法連時間也精確地回想起來。」

那是……她以為我在問哈麗葉的不在場證明嗎！

迦勒底的賴光總是自稱媽媽，所以我一個不小心就誤會了。

「如何？你好像發現問題所在了。只要注意到一個地方不對勁，剩下的就會有連鎖反應……」

「唉呀，這種地方可不能偷懶喔。海風吹得頭髮黏答答的對吧？」

夏娃撥了撥那頭漂亮的長髮。說服力強得可怕。

「我又不去海灘，沒關係啦。」

霍桑瞇著眼旁觀她們的你來我往。

「雙胞胎的性格居然會差這麼多……有意思。」

「說什麼有不在場證明，那種東西靠得住嗎？不過嘛，我倒沒特別指哪一家的人就是了。」

莫理斯突然語帶諷刺地出聲。他大概閒著沒事吧，一副要纏著我們的樣子。

「還有雙胞胎看準時機掉包……也有這種詭計對吧？雖然我沒特別指哪一家就是了。」

「……不，再怎麼樣也不至於弄錯吧？怎麼可能弄錯嘛。」

「……雙胞胎還真有趣呢。」

默默看著維奧萊特家互動的伍輕聲說道。

「是嗎？雖說是雙胞胎，不過我們是異卵，應該不怎麼像耶。」

「唉呀，妳聽到啦？不，我這句話沒有惡意喔。身為一個沒有血親的人，我很嚮往這樣的聯繫。」

不過我同意伍的看法。媽媽夏娃換上泳裝去游泳，茱麗葉和哈麗葉則待在遮陽傘底下不動。這也是雙胞胎的有趣之處吧。

「不過嘛，個性上來說妹妹應該比較像媽媽吧。兩個人都自由奔放……偶爾會讓我感到羨慕。」

「妳認真這點像爸爸呀。」

「好好好，就當成是這樣吧。」

虛月館的種種場面瞬間閃過腦海。

「唉呀，這和錯視圖同理。最先產生的錯誤認知很難清除。而且，這也是個如果沒弄錯人際關係早就能解決的案子。在你看來，哈麗葉的不在場證明由茱麗葉擔保，夏娃的不在場證明則是自己宣稱。不過既然夏娃和茱麗葉待在一起，哈麗葉的不在場證明就不成立；而且克里斯懷錶的事，哈麗葉無從知悉。如果沒有那玩意兒，結果或許又會不一樣呢。」

我戰戰兢兢地看向哈麗葉。方才還有如石像一般動也不動的她，已經露出無所畏懼的笑容看著我們。那是要面對挑戰的態度，至少她還沒認罪……

「相當有趣的推理呢，名偵探先生？」

哈麗葉・維奧萊特抱胸而立，宣戰似地這麼開口。

薛靈漢提到那些有關我的部分，都是千真萬確的事實。

仔細一想，從一開始就被這個男人玩弄於手掌心上。聽到薛靈漢死亡的時候，我以為還有別人不希望看見這樁婚事，結果大家因此小心戒備，讓我難以採取行動。事後一想，那大概也在薛靈漢的計算之中吧。

正因為如此，在和莫理斯兩人獨處的時候，我行動了。正因為處於警戒狀態，所以我不想放過寶貴的機會。如果，他是料到我這種想法才詐死……那我大概逃不掉這個男人的追究吧。

但是，如果我在這裡認輸，先前的努力就全都白費了。

虛張聲勢也好，得說點什麼才行！

「相當有趣的推理呢，名偵探先生？」

一番思索之後，出口的卻是老掉牙的臺詞，我不禁在心裡笑了出來。然而大概是不惜說謊也要堅持到底的關係，讓我湧起了戰意。

就算薛靈漢的偽裝自殺扣下了我行凶的扳機，但是以人類之身不可能預料到後面的發展。既然對方同樣是人類，代表他也會犯錯。就賭在這一點上頭吧。

我決心一戰。儘管大家對於我有罪一事都不疑有他，我還是要躲給你們看。

「喔？」

「我確實有動機。不過，只因為沒有不在場證明就把我當成犯人，這樣不是太隨便了嗎？」

「原來如此……妳說的也有道理。」

薛靈漢揚起嘴角。那張笑臉就像個已經瞄準獵物的獵人，讓我非常不舒服。

「那麼，就不得不談先前我刻意不提的殺害利佳・弗吉瑪爾未遂一事了呢。」

薛靈漢這句話令現場一片譁然。將安眠藥混進飲料裡雖然是事實，不過既然利佳還活著，照理說應該當不成告發的材料。

「在昨天晚餐時，某人讓利佳服下安眠藥。幸好昏倒的時機不錯，所以利佳平安無事，但如果時機不對可是會喪命的。當然，光是這樣沒什麼大不了，不過利佳的房間其實有一封遺書。真犯人只要一找到機會，就會殺掉利佳並偽裝成自殺，遺書則是用來逃避罪責的手法——這點想必不會有錯。」

那是我用虛月館舊電腦印的遺書。被搜出來雖然出乎意料，但是遺書上頭沒有留下線索。

「這樣啊？不過那和我有什麼關係？難道你有我讓利佳同學服下安眠藥的證據嗎？」

我下藥時非常謹慎，照理說就算留下痕跡也不至於查到是我做的。而且正因為沒穿幫，他才會用這麼迂迴的方式告發我。

更重要的是……如果穿幫，瑪布爾商會那兩人早就把我抓起來了。

薛靈漢露出笑容。

「確實，沒有妳下藥的證據……在這種局面能看穿我只是唬人而沒棄牌退出賭桌，代表妳的心臟相當強壯。要不要打幾把撲克？」

果然，那是不服輸的笑容。

「我就當成是讚美吧。」

撐過去了……實在不太可能。不過，暫時逃過一劫還是令我相當興奮。這種從地獄升到天堂的亢奮感，或許還是有生以來頭一遭。

「不過剛才的只是布局。我希望大家思考的是，『為什麼要選上利佳・弗吉瑪爾當假犯人』這一點。」

「這話是什麼意思呀？」

「假如妳是真犯人……應該會希望找個既不是戈爾迪家也不是維奧萊特家的人擔任假犯人吧。否則就算同盟好不容易成立，也會有人懷恨在心。這麼一來，合適人選就剩下霍桑醫生和利佳……但是妳不願對相識多年的霍桑醫生下手，所以用消去法挑上了女兒的男朋友當目標。」

「媽媽……真的嗎？」

茱麗葉的聲音聽了很難受。

其實我對利佳這位茱麗葉的男朋友很有好感。但是逼不得已。即使和利佳死別會非常痛苦，時間依舊能治好創傷。

當然，我完全沒把這些說出口，而是反駁對方。

「你說我對利佳同學下手？他可是我女兒的男朋友喔。我哪可能做出這麼過分的事啊？」

室內的氣氛似乎突然變僵了。

雖然不明白理由，卻讓我覺得自己說了什麼無法挽回的話。

「……人類這種生物，不管是多麼無關的東西，都能為它找到意義。唉，說得直接一點就是錯誤、錯覺。」

薛靈漢說完，隨即看向其他人。

「在場**有沒有人發現**？」

薛靈漢這麼一問，除了我以外的人全都舉起了手。

他們明明不可能串通好……這究竟怎麼回事？

「我是在海灘摸利佳同學時發現的。」

「我是在走廊上碰到肩膀時……我原本以為，這點小事哈麗葉應該也知道。」

首先是夏娃和亞當斯卡有些猶豫地這麼說。他們的口氣，讓我愈聽愈不安。

我漏掉了什麼嗎？

「我倒是從一開始就……在莫理斯纏上利佳時注意到的。因為莫理斯似乎也發現了。」

多蘿西這麼回答。

「呃，我是在要搬被球砸昏的利佳時……」

「嗯，就是凱恩哥哥告訴我的那件事對吧？」

連凱恩和勞瑞也知道，令我為之顫抖。

「我是在把人搬去海灘的時候。這件事，我有向大姊頭報告。」

「哼，這種小事，看步幅和走路方式就知道了吧。」

理所當然地，伍和安似乎也知道。

「恐怕我是最慢的吧。我是在帶著醉意和茱麗葉交談時，注意到了和她在一起的利佳魅力。」

連阿倫都說這種話。究竟怎麼一回事？

「……看樣子不知道的好像只有妳呢。」

「你說我不知道……所以到底是指什麼啊？」

我下意識地看向茱麗葉。

茱麗葉。和我十分相像，卻清純又可愛的女兒。就是因為這樣，我小心地呵護她長大。就是因為這樣，我才弄髒自己的手……

「茱麗葉？妳也知道吧？為什麼不告訴我？」

但是茱麗葉沒回答。

「責備女兒可就錯了。唉，就算只是權宜之計，也不希望說謊，這種心態人人都有。沒錯，我也一樣。只要仔細想一想，妳應該也會發現才對。」

「所以你到底在說什麼……」

「想一想我堅持不對利佳用敬稱的理由就知道了。」

瞬間，某條線接上了。

「難不成……」

利佳走到我面前，解開纏在脖子上的繃帶以及襯衫的鈕釦。原先藏起來的東西曝光，一切疑問都有了答案。

這樣啊……沒想到，居然有這種事……

茱麗葉彷彿要給我最後一擊似的，一臉悲痛地宣告事實。

「媽媽……利佳是女孩子呀。」

迦勒底的個人空間……瑪修與莫里亞蒂，在沉睡的立香旁邊繼續熱烈討論。

「咦，那位利佳是女性!?」

「是啊。如果不這麼想，很多地方沒辦法解釋。」

「呃，確實那個……感覺兩人格外親密。」

瑪修吃驚地幾乎說不出話來。因此莫里亞蒂就這麼接著說下去。

「茱麗葉用『聲帶在痛，沒辦法說話』解釋利佳不開口的理由。不過，實際上利佳偶爾會說話對吧？這就表示茱麗葉在說謊。實際上，利佳在分享迦勒底的推理時，好像也很正常地口頭說明呢。」

「這點我當時也覺得不太對勁……但是為什麼要說這種謊……啊！」

瑪修似乎總算想到理由了。

「就是這樣囉。因為一開口就會讓人家知道性別了吧？」

「啊，對喔……」

「之所以脖子纏著繃帶，也是為了掩飾自己沒有男性該具備的喉結。」

被人家指出仔細一想就會明白的事實，令瑪修啞口無言。

「不過，這種手法不過是臨陣磨槍。真要說起來，完美的男扮女裝、女扮男裝相當困難。德翁和阿斯托爾福那種是例外中的例外。即使不出聲，也會因為不經意的舉止和接觸穿幫。那些實際和利佳接觸的人，遲早會曉得她是女性。」

「既然如此，表示這點不會影響事件的發展？」

對於瑪修的疑問，莫里亞蒂搖搖頭回答。

「很難說。不過以現實的犯罪來說，這種無關緊要的地方有時會成為關鍵喔。假如犯人在這裡失誤……那個男人再怎麼說都不會放過吧？」

「利佳總是陪在我身邊。她真的既優秀又帥氣。」

茉麗葉開始談起利佳。

「而且她總是很關心我。利佳在學校注意到我的樣子不太對勁，追問之下……得知這是一趟我不情願的婚約旅行，於是主動要求同行。她說，如果她以男朋友的身分參加，應該能對維奧萊特家表示抗議，也能牽制戈爾迪家……」

「……真是的，學生賣弄小聰明。不過，我多少能夠理解利佳的心意，也不會不識相地到處宣傳就是了。」

伍說得沒錯。這種事沒什麼意義。因為不管怎麼說，利佳都無力阻止婚約。

「這種謊言，大人一旦認真起來就能輕易拆穿……但是我真的很開心。最重要的是，信賴的人主動表示願意和我站在一起……所以我也認真地同意了利佳的提議。由於看診時畢竟騙不過醫生，所以不得不把祕密說出來，但是醫生一直替我們保密到最後。」

「……承諾就要遵守。無論最後會帶來怎樣的結果。」

霍桑有些後悔地這麼說道。

向來一有機會就想討好我的霍桑，之所以沒把利佳的性別告訴我，大概是茱麗葉堅持不讓他說吧。他和我一樣，很寵女兒。

來到虛月館之後，茱麗葉和利佳偶爾會跑到其中一人的房間裡獨處，這點我也知道。我一直以為兩人會這樣的原因在於是情侶，實際上卻是為了不讓女扮男裝露出破綻或進行作戰會議，才需要這麼做嗎……

「就我所見，妳是純粹的異性戀，年輕時似乎相當受歡迎。正因為如此，所以完全沒懷疑自己的女兒其實帶了個男裝打扮的女性友人過來。」

聽到薛靈漢這麼說，我才終於回過神來。

「那、那又怎麼樣？」

得知利佳・弗吉瑪爾是女性確實令我有些動搖，但是照理說我根本不需要因此認罪……才對。

「不過就是不知道茱麗葉的男朋友是女的而已，別講得好像你立了大功一樣。那麼親密誰都會誤解。」

但是薛靈漢沒有退縮。

「妳忘了自己寫的遺書嗎？這封遺書裡，利佳自稱是以男性的立場嫉妒莫理斯和克里斯，但既然利佳是女性，就不可能自己寫出這種內容。」

啊，這樣啊。這是個決定性的失誤……

「另外已經知道利佳是女性的人也一樣。只有將利佳當成男性的妳會寫出這種遺書……」

薛靈漢有如宣告死局般這麼說道。

年輕時我總會在身邊留幾個順從又無害的男朋友，他們全都是為了我不惜犧牲性命的人。正因為如此，所以我完全沒想到利佳是女性。想必這就是偵探所說的錯誤吧。

……怎麼說呢，有種一直利用霍桑遭到報應的感覺。

「可是阿倫，你找來的名偵探還真不簡單耶？」

雖然我明白，事到如今已經無從狡辯，但還是想抱怨幾句。如果沒有薛靈漢，想必事情不會變成這個樣子。

「沒想到凶手真的是妳……不，我想起來了。二十年前那一晚，那個女的確實自稱哈麗葉！」

太好了。成了阿倫無法忘懷的女人，讓我有點開心。

「我也不想惹上多餘的麻煩，所以玩的時候會隱瞞維奧萊特這個姓氏。」

「即使如此依然血濃於水啊……難怪我覺得茱麗葉很眼熟。原來是因為她長得很像當年的妳……」

「阿倫，和你共度的那一晚讓我非常開心，我並不後悔。這是真的。不過……結果，我懷上了茱麗葉和夏娃。之後發生許多事，等到察覺時已經太遲了……爸媽已經替我和亞當斯卡定下婚約。」

「我是在接受一切的情況下和妳結婚的！不需要把那些事放在心上！」

亞當斯卡拚命大叫。他或許已經隱約察覺我接下來會選哪條路。

儘管犯過數不清的錯，但是我不後悔和你結婚。你是個了不起的父親，也是最棒的丈夫，我的亞當斯卡。

「謝謝你，亞當斯卡。你這種溫柔的個性，真的很討人喜歡。是啊，當初我就只有孩子的生父是誰沒告訴爸媽和你。我認為一旦說出來，爸爸會氣得對戈爾迪家開戰。不過沒想到二十年前的謊言，會累積這麼重的利息……」

利息真的好重啊……

第二天早上，莫理斯老實地回應了我的邀約。

「怎樣啊，哈麗葉小姐？居然約在這種地方。」

之所以選在北邊的斷崖，只是為了避人耳目……絕對不是一開始就打算殺人。

「這是我的請求……希望你重新考慮和茱麗葉訂婚一事。」

「啊？幹麼突然提這個。所以說，理由呢？」

「……抱歉，我不能說。」

我怎麼可能告訴他「因為你們有血緣」呢？

「莫名其妙……既然這樣，換成妹妹夏娃也可以啦。對我來說，妹妹反而比較合胃口。」

「很遺憾，夏娃也不行。」

莫理斯嘖了一聲。

「所以說，理由呢？」

「……也不能說。」

沉默是我掙扎到最後做出的結論。但是莫理斯故意在我面前嘆了口氣。

「真是的，搞什麼鬼啊。維奧萊特家每個人都像妳這樣嗎？老爸根本沒什麼好怕的，隨便找個理由打過去就好啦。」

聽到這個回應，我明白自己和莫理斯絕對不會有共識。

要是把真相告訴這種男人會怎麼樣呢……最糟糕的情況下，兩家會全面開戰。

果然，只能在這裡把他推下去解決掉。

下定決心之後，採取行動就快了。

「欸，莫理斯。那邊是不是有船？」

莫理斯老實地轉頭朝我指的方向看，瞇起眼睛試圖以肉眼捕捉船影。

「啊？這種地方哪會有船經過……」

我往他不設防的背用力一推。

克里斯那時則是太過順利，甚至有種命運叫我殺人的錯覺。

「希望我重新考慮婚約的事？」

第二天晚上，克里斯毫不懷疑地放我進他房間。

「就是這樣。我想你應該能了解。」

「換句話說，這表示茱麗葉小姐已經心有所屬？」

「你要這麼想也無妨。」

克里斯和莫理斯不一樣，我總覺得他應該可以溝通。然而，我淡淡的期望很快就破滅了。

「但我已經是阿倫先生的繼承人。既然阿倫先生希望這樁婚事成立，我也只能從命。實在很抱歉，您的要求……」

不行。無論說什麼，這孩子都會堅持到底。

下一刻，我心想「只能殺掉他了」。我原本還希望殺人止於莫理斯就好……

「這樣啊……真遺憾。話說回來，克里斯，可以請你把手伸出來嗎？」

「這倒是無妨……」

「謝謝你。」

我假意握住，趁機用藏有暗針的戒指刺克里斯的手。針頭塗上了維奧萊特家偶爾會用的毒。

「哈麗葉小姐，您要做什麼？」

到頭來，這就是克里斯說的最後一句話。他似乎很快就無法動彈，趴倒在地。

「……再見。」

保險起見，我又刺了一下，隨即離開克里斯的房間。

「……畢竟我活在這樣的世界嘛。所以會隨身攜帶毒藥以備不時之需。只是沒想到會以這種形式用在克里斯身上……」

該說的已經說完了。是我輸了。

「媽媽，妳為了我做出這種事……」

對了。這件事得說清楚才行。

「聽好，茱麗葉。妳沒有半點責任。責任全都在我身上，所以這筆債由我來還就好。」

現在回想起來，或許當初發現懷孕時向父親坦白就好。說不定也有和阿倫結婚的可能性……這麼一來，至少不會演變成現在這種狀況。

我不經意地和一臉苦澀看著我的亞當斯卡四目相視。

「如果有稍微注意到妳的苦惱，我就會想別的方法……不，我也同罪。妻子的苦惱就是丈夫的苦惱，至少讓我和妳一起接受懲罰吧。」

「謝謝你，亞當斯卡。你果然是最棒的丈夫……」

說著，我便以藏起來的戒指暗針刺自己的手。可能是已經有心理準備的關係，一點也不痛。

失敗歸失敗，好歹結局要由我自己決定。

很快地我的雙腿就使不上力氣，坐倒在地。

「不好，妳對自己用毒嗎！」

看見霍桑急迫的表情，我立刻就後悔了。想必他一輩子都忘不了這一幕。居然讓一直愛慕自己的人承受這種痛苦……我真是個過分的女人。

「媽媽！」

「媽媽！」

夏娃和凱恩跑到我身邊。太好了。看來我臨終時並不孤單。

「夏娃、凱恩……我可愛的孩子們。還有茱麗葉……別做出錯誤的選擇喔。」

「媽媽，等一下！」

茱麗葉的悲痛叫喊傳入耳裡。但是，我已經連嘴巴都沒辦法自由開闔了。

「再見……」

我絞盡最後的力氣，說出這些。

雖然犯了錯，但這段人生並不壞……不，這是最棒的人生了。

「來接我們的人差不多要到了。各位，請準備。」

安盡可能以公事公辦的口氣催促大家。

「……讓我再陪媽媽一下。」

「媽媽……」

夏娃和凱恩不肯離開裹在床單裡的哈麗葉屍體。另一方面，茱麗葉則待在稍遠處看著他們。

「各位，對不起。照理說我應該能阻止哈麗葉的……」

霍桑似乎連眼淚都流乾了。

「聽說恐嚇信這件事的時候，我當下就懷疑該不會**就是這麼回事**。因為我認識當年的她。然而，我什麼也沒問。即使知道自己的選擇不對，我依然不希望被她討厭。」

「但是，多虧了你才能解決這個事件。請別放在心上。」

福爾摩斯溫柔地安慰充滿悔意的霍桑。但是，霍桑依然顯得十分悲傷。

「我只是個把壞人推給你當的膽小鬼而已。」

聽到霍桑這麼說，多蘿西一臉悲痛。

「莫理斯的死令人傷心。不過，如果我處於哈麗葉小姐的立場，或許也會做出一樣的事。」

「媽媽……媽媽不可以跑掉喔？」

多蘿西沒有多說，只是緊緊抱住勞瑞。

「各位，請聽我說。我有些事要告訴你們。」

凱恩離開母親身旁後，突然對大家這麼說道。我已經在那片森林中見過凱恩的真面目，所以有抵抗力；其他人似乎因為衝擊過強導致什麼都問不出口，只能豎耳傾聽凱恩要說什麼。

可能是看見大家都在注意凱恩吧，福爾摩斯突然輕聲對我說：

「看樣子凱恩決定拋棄虛偽的自己了。大家的目光都放在他身上。也因此我們能暫時說些悄悄話。有什麼想問的嗎？」

「欸，你覺得為什麼我會作這種『夢』？」

如今事件已經解決，我就不需要保持沉默了。不過，用別人的嘴巴說話，感覺實在很奇妙。

「……嗯。如果是達文西，大概會從魔術角度解釋迦勒底、靈子轉移，以及你這位御主之間的關係……但是我沒有那種程度的知識，只能推測。這具身體的主人利佳・弗吉瑪爾知道茱麗葉的遭遇，而且應該對茱麗葉抱有某種強烈的感情。不知是友情、愛情，還是同情……無論如何，利佳・弗吉瑪爾想幫助茱麗葉的心意不假。或許月亮吸納了這種情緒也說不定──聽起來很浪漫。月亮選出可能和身體主人有同感，又有解決問題能力的人，透過月光在兩人之間強行打開通道……連往多少有能力在時間與空間上模糊處理的迦勒底。實際上，你也想幫助茱麗葉對吧？」

「嗯。」

這份心情並不假。

「藤丸立香與利佳・弗吉瑪爾……也許是基於『名字相似』這種極為直接的理由選上你也說不定呢。當然為人善良也包含在內。」

福爾摩斯才剛用玩笑結尾，我就感到一陣暈眩。這不是普通的暈眩，而是那種即將從夢中醒來的奇特感覺。

「失去意識的前兆吧。既然任務結束了，這或許也是理所當然。當你醒來時，我已經出發前往虛月館，不過幾天後就會平安回去，所以別擔心。啊，凱恩好像在說什麼很重要的事。」

聽到福爾摩斯這麼說，我看向凱恩。他正在向大家傾訴。

「……我還是很討厭這個家和這個社會，也很怕死。但我決定拿出勇氣。即使只是個小謊言，也可能導致無法挽回的後果。這是媽媽教我的。所以，我要在大家面前宣言——我會改變維奧萊特家和戈爾迪家給你們看！」

福爾摩斯看著凱恩，小聲說道：

「說不定，他真的能改變兩個家族的生存方式。不過，那已經和我們無關。」

沒錯，也該告別這些可愛的人了。就算在美國和他們擦身而過，他們也無從知曉是我。一想到這裡，就令人難過。

「對了。雖然應該不會再和他們有交集，不過有什麼想說的就快點說吧。說出這具身體原有意識會說的……不，該說的話語。」

對於這個故事的觀測到此為止……既然如此，希望它至少能好好落幕。

於是我悄悄走向在房間角落望著虛空的茱麗葉。

「利佳，怎麼了嗎？媽媽的死和凱恩的事，讓我覺得自己快瘋了。」

「……嗯嗯。」

陌生的沙啞嗓音。一段時間沒開口令我說起話來不太適應，儘管如此，要和茱麗葉對話應該綽綽有餘了。

「跟我來。」

不是疑問句，而是祈使句。接著我牽起茱麗葉的手，就這麼把驚訝的她拉到走廊上。

茱麗葉雖然沒有回答，腳步卻很老實。

「……怎樣？」

茱麗葉別過頭，冷淡地這麼說。不過她顯然是在逞強。

「首先我想道歉。」

為了讓茱麗葉安心，我先說出目的。

「道歉……為什麼？」

茱麗葉依舊不肯把頭轉過來。話雖如此，但她沒有連耳朵也摀住，所以只要我開口她應該就聽得到。

「欸，茱麗葉……」

先前一直欺騙她，讓我良心不安。

原本我準備要說『其實我不是利佳．弗吉瑪爾』，但是在話出口之前收住了。

我只是回迦勒底而已，對茱麗葉說出真相之後就樂得輕鬆。但茱麗葉怎麼辦？事件發生期間，自己最依靠的對象，內在居然是別人——將來她不就得抱著這個事實活下去了嗎？要是一個不好，說不定和利佳的關係也會徹底破裂。

啊，得把這件事藏在心底才行。說不定一輩子都忘不掉，然而這是我的義務。

「怎樣啦，快說啊。」

在茱麗葉的催促下，我連忙換個回答。

「……抱歉給妳添麻煩了。」

雖然我是倉促下脫口而出，卻沒有說謊。如果我做到自己該做的事……說不定就能避免這場悲劇。

「如果我振作一點，就不會這樣……」

即使說到這裡，茱麗葉依舊頑固地不肯回頭。我覺得很奇怪，因此抓著茱麗葉的肩膀把她轉過來……隨即看見她眼眶含淚。先前她明明不管碰上什麼事，都表現得很堅強……

和我想的一樣。雖然事件已經解決，茱麗葉的心仍舊需要療傷。最重要的是，這不能交給福爾摩斯處理。所以，我決定最後要單獨和她談。

儘管如此……但是我原本並沒有要讓她哭出來的意思。

「應該是我……替利佳添麻煩吧？」

話一出口，茱麗葉的淚水便奪眶而出。當成沒看見也不對、遞出手帕讓她擦眼淚也不對，經過一番苦惱後，我張開雙臂。於是茱麗葉撲了上來，將臉埋進我懷裡。

「為什麼不生氣？為什麼……不責怪我？都是因為我才會讓妳這麼慘耶？和我待在一起，根本沒有好處喔？」

胸口因為茱麗葉的淚水而又熱又溼，但我並不會覺得不舒服。

「……這點程度我早就有心理準備了。更何況，我們都還活著。又能一起踏進大學了吧？」

茱麗葉抬起頭。雖然妝都哭花了，可是完全不會令人覺得醜。

「其實我一直很不安。如果利佳妳離開，我就真的孤單一人了……」

消除這份不安，就是我最後的工作。

「什麼嘛，原來妳在擔心這種事……」

暈眩變得非常嚴重。身體已經無法自由動作。我很清楚，結局近在眼前。

「放心……」

再一下就好……再幾秒就好，讓我自由。

『因為今後我們也會一直在一起。』

這是利佳・弗吉瑪爾的話語，她一直想這麼說。

「妳是怎樣啦，突然就……可是我好高興。」

眼前一片朦朧，看不見茱麗葉的表情，但是不知道為什麼，我明白她現在淚中帶笑。我將手放到她頭上，輕輕撫摸。

利佳．弗吉瑪爾。我不知道妳對茱麗葉抱持的是友情還是愛情。但是，無論是哪一種，妳們的情誼應該都會持續下去。所以，我代替妳往前踏一步囉。

最後，我的視野徹底黑暗，全身無力。幸好已經先抱住茱麗葉了。

「利佳？欸，妳怎麼了？我在叫妳啊……」

茱麗葉焦急地喊道。似乎是因為抱住自己的利佳突然全身癱軟而感到困惑。

「……不過妳放心。今後我們會一直在一起。」

最後茱麗葉說的這句話，可能就是我在這個不可思議事件得到的小小報酬。

但願兩人一輩子都不分開……而且永遠幸福。

《虛月館殺人事件》，各位覺得如何？

如果有抵達真相，那麼恭喜你。不過就算沒找出正解，也不需要氣餒。畢竟要是給不出正確答案就沒價值，這個世界上有價值的人類就只剩下我了。

……笑啊，剛剛那是玩笑。

不過……就算思考扎根於錯誤、錯覺之上，因此得到錯誤的答案，這段認真苦惱、思考的時間，依舊沒有任何人能夠否定。倒不如說，這種無可取代的體驗只屬於你。所以，只要有稍微享受到這本書帶來的體驗，即使沒有成果也有它的意義。

那麼，這回就先到這裡。

The Kogetsukan murders

浮文字

FGO Mystery 反覆無常的虛月館告解 虛月館殺人事件

（原名：FGOミステリー 翻る虛月館の告解 虛月館殺人事件）

著　　者／円居挽
發 行 人／黃鎮隆
副總經理／陳君平
副　　理／洪琇菁
執行編輯／曾鈺淳
美術監製／沙雲佩
原作・監修／TYPE-MOON
美術編輯／方品舒
企劃宣傳／邱小祐、劉宜蓉
國際版權／黃令歡
文字校對／施亞蒨
內文排版／謝青秀
繪　　圖／山中虎鉄
譯　　者／Seeker

出　　版／城邦文化事業股份有限公司 尖端出版
台北市中山區民生東路二段一四一號十樓
電話：（〇二）二五〇〇—七六〇〇
傳真：（〇二）二五〇〇—二六八三
E-mail：7novels@mail2.spp.com.tw

發　　行／英屬蓋曼群島商家庭傳媒股份有限公司城邦分公司 尖端出版
台北市中山區民生東路二段一四一號十樓
電話：（〇二）二五〇〇—七六〇〇（代表號）
傳真：（〇二）二五〇〇—一九七九

中彰投以北經銷／楨彥有限公司（含宜花東）
電話：（〇二）八九一九—三三六九
傳真：（〇二）八九一四—五五二四

雲嘉經銷／智豐圖書有限公司 嘉義公司
電話：（〇五）二三三—三八五二
傳真：（〇二）二三三—三八六三
客服專線：〇八〇〇—〇二八—〇二八

南部經銷／智豐圖書有限公司 高雄公司
電話：（〇七）三七三—〇〇七九
傳真：（〇七）三七三—〇〇八七

一代匯集／香港九龍旺角塘尾道六十四號龍駒企業大廈十樓B&D室
電話：（八五二）二七八三—八一〇二
傳真：（八五二）二五八二—一五二九
E-mail：hkcite@biznetvigator.com

新馬經銷／城邦（馬新）出版集團Cite（M）Sdn. Bhd.
E-mail：cite@cite.com.my

法律顧問／王子文律師 元禾法律事務所
台北市羅斯福路三段三十七號十五樓

二〇二〇年八月一版一刷

FGO MISUTERII HIRUGAERU KOGETSU-KAN NO KOKKAI KOGETSU-KAN SATSUJIN JIKEN

■中文版■

郵購注意事項：
1. 填妥劃撥單資料：帳號：50003021戶名：英屬蓋曼群島商家庭傳媒(股)公司城邦分公司。2. 通信欄內註明訂購書名與冊數。3. 劃撥金額低於500元，請加附掛號郵資50元。如劃撥日起 10～14日，仍未收到書時，請洽劃撥組。劃撥專線TEL：(03)312-4212 ・ FAX：(03)322-4621。E-mail：marketing@spp.com.tw

國家圖書館出版品預行編目資料

FGO Mystery 反覆無常的虛月館告解 虛月館殺人事件
/ 円居挽作；Seeker譯. -- 1版. -- [臺北市]
：尖端出版：家庭傳媒城邦分公司發行,
2020. 08
面；　公分
譯自：FGOミステリー 翻る虚月館の告解
虚月館殺人事件
ISBN 978-957-10-8983-6（平裝）

861.57　　　　　　109006595

The Kogetsukan murders

The Kogetsukan murders